contas e contos

encantos ancestrais

Adeloyá Ojú Bará

prefácio de

Onisajé

posfácio de

Carla Akotirene

ARUANDA
• livros •
Rio de Janeiro | 2025

Coordenação Editorial Aline Martins
Preparação Letícia Côrtes
Revisão Editora Aruanda
Design editorial Sem Serifa
Fotografias (capa e miolo) Adeloyá OjúBará
Impressão Mult-Graphic

Texto de acordo com as normas do Novo
Acordo Ortográfico da Língua Portuguesa
(Decreto Legislativo nº 54, de 1995)

Dados Internacionais de Catalogação na Publicação (CIP)
de acordo com ISBD
Bibliotecário Vagner Rodolfo da Silva CRB-8/9410

O11c OjúBará, Adeloyá
Contas e contos: encantos ancestrais / Adeloyá OjúBará. – Rio de Janeiro, RJ : Aruanda Livros, 2025.
272 p. ; 13,5cm x 20,5cm.

ISBN 978-65-87426-33-4

1. Religiões africanas. 2. Candomblé. 3. Ficção religiosa. 4. Contos. I. Título.

CDD 299.6
2025-1970 CDD 299.6

Índice para catálogo sistemático:

1. Religiões africanas 299.6
2. Religiões africanas 299.6

ARUANDA
• editora •

[2025]
IMPRESSO NO BRASIL
https://editoraaruanda.com.br
contato@editoraaruanda.com.br

À doutora Ìyá Kékeré[1] Onisajé. Você foi a seta na encruzilhada. Foi quem me apresentou ao Orixá, quem me contratou para fotografar a primeira festa em um terreiro. Tudo começou com a força de sua arte. Mo dúpẹ́![2]

Ao meu Bàbá[3] Gilson Xaorô. Quando o senhor abriu o roncó de Ajunsun, deu-me a oportunidade de continuar a viver. Isso permitiu que, hoje, eu e esse livro existíssemos em honra e devoção ao Orixá. Mo dúpẹ́!

Mãe, a senhora tinha razão: eu sou um escritor!

1 Segundo o *Dicionário yorubá-português*, de José Beniste (Bertrand Brasil, 2019), é uma expressão usada para denominar "a irmã mais jovem do pai ou da mãe"; liturgicamente, é o nome dado às mães-pequenas dos terreiros de Candomblé e Umbanda. Em português, "iá-quequerê". [Nota da Editora, daqui em diante, NE]

2 De acordo o *Dicionário yorubá-português*, de José Beniste (Bertrand Brasil, 2019), "mo" é o pronome pessoal "eu" e "dúpẹ́", o verbo "agradecer". Portanto, a expressão iorubá quer dizer "eu agradeço". [NE]

3 Do iorubá, significa "pai, mestre". [NE]

Sumário

Prefácio

Ìwó dídára Òrìṣà[1]

O olhar de Adeloyá é especial. É um olhar de quem atendeu a um chamado dos Orixás. É um olhar a serviço, missionado. Suas fotografias das divindades são conversas dos deuses com um filho. Tem a cumplicidade e a admiração de quem entende a profundidade desses elementais da natureza e a importância e a contribuição da ancestralidade negra no *Àiyé*.[2]

É o olhar de quem se doou a traduzir sem trair. As imagens e palavras que aqui se encontram são uma oferenda, como ele mesmo afirma, um ebó de amor, orgulho e ancestralidade negra. Refletem a conjunção simbiótica do Deus que se revela e que se permite registrar, e daquele que colo-

1 Segundo o *Dicionário yorubá-português*, de José Beniste (Bertrand Brasil, 2019), "ìwó" pode ser traduzido como "o ato de olhar no sentido de assistir"; já "dídára" significa "bom, bonito"; e "Òrìṣà" são "divindades". Assim, a frase pode ser entendida como "Contemple a beleza do Orixá!". [NE]

2 Conforme o *Dicionário yorubá-português*, de José Beniste (Bertrand Brasil, 2019), "ayé" ou "àiyé" quer dizer "mundo, planeta", também pode significar "terra", pois é a oposição de "ọ̀run" ("céu, firmamento"). [NE]

ca sua arte e sua sensibilidade à disposição do insondável, do imaterial, do espiritual.

Em tempos sombrios e violentos como os que vivemos, depararmo-nos com esses contos e essas foto-poesias de axé significa podermos retomar a espiral do tempo e colocarmos o poder africano da existência no centro dela.

"Adeloyá OjúBará" é o orukó[3] deste, hoje, *ọmọ* Orixá (filho de Orixá), que é fruto do sim ao chamado. Por meio das lentes de seu olhar e de sua câmera, e da poética de suas palavras, encontrou o caminho do "artivismo" — o sentido de ser e de estar no mundo. Ao ver este livro, meus olhos se enchem de fé e axé.

Que, ao arriar este ebó, possamos, juntos, fazer o *àjéùm*[4] que nos congrega como o povo negro, vitorioso e belo que somos.

Olorum *mo dúpẹ́* Orixá, Inquice, Vodum, Encantados e Erês!

Olorum *mo dúpẹ́* Adeloyá! Axé!

Onisajé de Ajunsun

3 Trata-se do aportuguesamento do termo iorubá "orúkọ" ("nome"). Nas religiões de matrizes africanas, é o nome recebido após a iniciação do filho ou da filha de santo. [NE]

4 Significa "comer", "alimentar-se". [NE]

Introdução

Gostaria que você tivesse a chance de ver o que eu vejo, de sentir o que eu sinto, de amar o que eu amo — tenho a certeza de que sua singularidade seria mais rica, de que o mundo seria mais justo, de que tudo teria mais encanto!

E que bela é a nossa erudição, nossas línguas, nossos ritos! Quanta riqueza estética se encontra em cada detalhe, sempre carregado de significados. Quanta bagagem milenar em cada poro, quanta vida em cada manifestação!

Em nossas vivências entre Orixás, Inquices, Voduns, Caboclos, Exus, Pombagiras, Marujos, Erês, Pretos-Velhos e Pretas-Velhas — ritos dos mais especiais, regados a muitos sons, cheiros, sabores e cores —, a espiritualidade se expande e o corpo se exaure e estremece no contato com o Sagrado. O amor faz tudo valer a pena.

Venha ver de perto, rompa com o medo e o preconceito; existem outras delícias em nossa religião para além do acarajé e do caruru... e não, não estou convidando você a ser de nossa fé, porque esta não se resume a uma religião, muito menos a uma religião de convertidos. Somos escolhidos. Terreiro é filosofia de vida, é uma cultura religiosa milenar muito mais complexa e intensa do que se possa imaginar.

Neste livro, oferto o que há de mais puro em mim: o amor pelo Sagrado ancestral africano, seja em imagens, seja em palavras poéticas que deságuam em breves contos que poderiam ser a história de qualquer adepto. É um movimento que começou há doze anos e que já provocou reflexões e ressignificações em muita gente. Sempre digo que não há como "desver". Toda imagem vista é uma semente de um discurso silencioso que foi plantada no solo fértil da imaginação.

Que Orixá nos faça fortes para que driblemos nossas diferenças e para que, enfim, possamos nos unir para vencermos o mal disfarçado de bem!

Orixá seja por nós!

xu de Bàbá Jíkíbárà — Salvador (BA), 2021

Exu de Márcio Almeida — Lauro de Freitas (BA), 2022

Exu

Èṣù

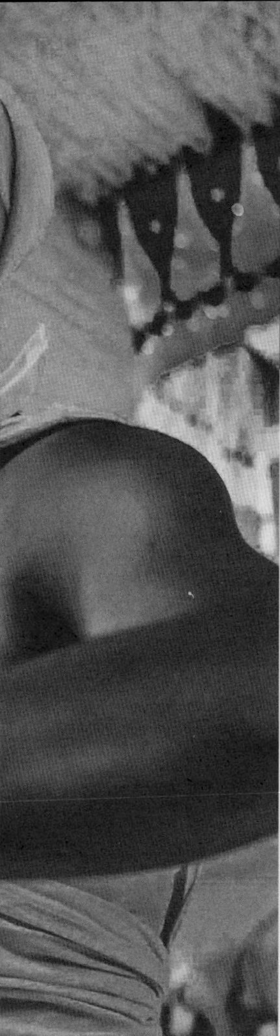

Encruzilhadas da vida

Quando fecho os olhos, ainda posso ver aquele rosto de traços fortes com a boca escancarada, gritando bem na minha cara! Levei um susto enorme e paralisei, até escutar o som estridente do carro freando bruscamente, sentir o cheiro de queimado do pneu atritando o asfalto e ouvir o grito aterrorizado do motorista:

— Caralho, velho! Foi mal! 'Cê tá bem?

Ainda tentando entender se estava vivo ou morto, com o corpo trêmulo, as pupilas dilatadas e o coração batendo na boca, balancei a cabeça afirmativamente. Afinal, eu não tinha sorte para mais nada nessa vida, só para escapar da morte.

Olhei para o rapaz ao volante, que parecia estar mais assustado do que eu. Foi tão "quase" que nem ele conseguia acreditar que tinha parado o carro a tempo... para falar a verdade: nem eu.

Ainda trêmulo, continuei a caminhada. Por desencargo de consciência, tirei os fones do ouvido e pensei na quantidade de vezes que tinha visto a morte de perto naquele último ano, seja por acaso ou de modo intencional — fruto de anos de luta contra a depressão. Se não fosse tão cético, acharia que algo ou alguém estava tentando me eliminar, mas, em contrapartida, alguém não queria deixar. Esse "homem", essa figura, sempre aparece em toda situação de risco e, de alguma forma, interrompe o fluxo do meu encontro com a morte...

Ainda pensando sobre isso, com a cabeça pesada, tremendo ainda, senti o ombro esbarrar em outra pessoa. Quando parei e me virei para pedir desculpas, minha boca abriu e assim permaneceu, pois as palavras nela morreram. Era ele, o homem de *dread* que sempre aparecia em minhas visagens!

— Atrasado! Você está atrasado! Se adiante! — dizia ele, debochadamente.

Só consegui acenar positivamente, porque nenhuma palavra saía de minha boca. Ainda parado, vi-o dar alguns passos e parar na esquina, até que, do nada, surgiram várias pessoas trajando roupas de terreiro. Alguns estavam descalços, com contas coloridas no pescoço e a cabeça coberta; uma delas carregava um tabuleiro de pipoca na cabeça, e todas entoavam uma cantiga tão profunda, com tanta emoção, que me deixou arrepiado!

Com a visão periférica, vi o homem de *dread* entregar dinheiro à última pessoa daquele cortejo. Um rapazinho correu, encheu as mãos de pipocas e, ao passar por mim, lançou-as como uma chuva na minha direção!

Não sei nomear o que senti... um misto de frio na barriga, quentura na cabeça, arrepios no corpo... um descolamento da alma. Eu podia. ver o homem de *dread* lá encostado no poste da esquina e, ao mesmo tempo, colado no meu rosto. Com a boca aberta, ele gargalhava muito, bem ali na minha frente! Cambaleei, procurei o chão e não encontrei. Então, ouvi as vozes das pessoas do cortejo me chamando, algumas me amparando, e, naquele momento, eu sequer sabia o meu nome.

Sentaram-me no meio fio; não sei de onde apareceu uma garrafinha d'água. Ainda tonto, olhava aquelas pessoas, que brilhavam mais que o sol; com a mente bagunçada, procurei avidamente pelo homem de *dread*, mas ele já não estava lá...

Quando o mundo parou de rodar, concluí que aquelas eram pessoas de Candomblé, praticando um ritual chamado "Sabejé" — eles vagam pelas ruas, levando as sagradas "flores do Velho", como são chamadas as pipocas de Omolu, Orixá das palhas que pode curar doenças —, e as pessoas doam dinheiro para que um barco de novos iniciados possa navegar pelas águas eternas do renascimento.

Eu não tinha dinheiro em espécie, e pedi a chave Pix de uma dessas pessoas para transferir algum valor. Passaram-me o número do celular do sacerdote, Pai Alfredo.

Que dia louco! E só estava começando...

Meio-dia, piquei meu ponto e saí para almoçar. Minha cabeça parecia um "mercado de peixe", eu não conseguia parar de pensar em tudo o que tinha acontecido, em tudo o que senti; e a todo momento eu via o rosto e ouvia a gargalhada do homem negro de *dread*. Procurei no comprovante o número do celular para o qual fiz o Pix e enviei uma mensagem para Pai Alfredo, pedindo para conversar com ele — o pior foi a resposta:

— Oi, meu filho! Estava esperando você falar comigo. Exu mandou que eu guardasse um horário hoje para você... a que horas você vem? Segue o endereço...

Gente, quem era esse Exu? Como ele sabia que eu falaria com o sacerdote? O que é tudo isso? Comecei a ter uma crise de ansiedade, o coração parecia querer explodir, as mãos suavam e tremiam, a boca seca, até que um colega na mesa ao lado percebeu e me acudiu. Quando consegui me acalmar, a chefe me mandou ir para uma UPA. Agradeci, chamei um Uber e enviei a seguinte mensagem para Pai Alfredo: "Chego em 20 minutos!".

E lá estava eu no terreiro, receoso, sem saber o que esperar daquele lugar. Sei lá o que eu imaginava que poderia surgir por detrás de cada porta, se alguém apareceria cortando o pescoço de uma galinha, se eu teria de cavalgar um bode ou fazer um pacto com o demônio deles... porém, eu estava sentado em uma sala de paredes brancas muito bem decoradas, diante de um homem sério, de olhos gentis, que estava rezando em uma língua estranha havia uns dez minutos. Ele parecia ser um velho conhecido e os búzios que ele esfregava entre as mãos geravam um som tão ancestral que ressoava em cada célula de minha pele preta. É incrível como a demonização das divindades afrobrasileiras deturpa nossa capacidade de enxergar essa religiosidade com respeito.

Mais incrível foi tudo o que aquele jogo revelou: sentimentos, sensações, pessoas, situações; senti-me despido das máscaras que arranjei para sobreviver a todas as perdas e abandonos dos últimos anos. Pai Alfredo me apresentou a mim mesmo: um homem doente física e emocionalmente, que só estava vivo porque Exu assim decidiu e advogou em favor junto a Orí[1] e Egbé Orum.[2]

Pai Alfredo me explicou que o conceito iorubá de Orí é semelhante ao perispírito, uma consciência reencarnante que carrega em si a sabedoria universal adormecida pelos véus do esquecimento. Quanto ao Egbé Orum, são comunidades espirituais no astral, onde moram nossos afetos reencarnantes que sentem saudade de nós. A eles, prometemos que só passaríamos brevemente por esta encarnação e que logo voltaríamos para junto deles; mas, com o não cumprimento da promessa, eles ficam tentando nos lembrar de que precisamos voltar, o que faz com que a vida aqui seja sofrida e tortuosa, abrindo caminho para acidentes, doenças e autossabotagem.

E, no final, veio a informação mais desafiadora:

— O dono do seu Orí é Exu!

— Isso quer dizer que eu sou filho do demônio? — indaguei, quase tendo outro surto.

O sacerdote de olhar gentil e abdome dilatado se esforçou para segurar o riso e, serenamente, elucidou:

— Meu filho, no Candomblé, não cultuamos demônios. Não existe essa entidade em nossa crença; então, não. Exu não é o demônio e está bem longe disso! Exu foi a primeira estrela a ser criada, o primeiro Orixá que chegou por aqui e, desde então, viu

1 Em tradução livre, "Orí" significa "cabeça", mas, dentro das tradições de matrizes africanas, também é considerada uma entidade que deve ser cuidada para que a ligação com Orixá esteja sempre em equilíbrio. [NE]

2 Trata-se de uma expressão aportuguesada. Segundo o *Dicionário yorubá-português*, de José Beniste (Bertrand Brasil, 2019), a palavra "ẹgbẹ́" quer dizer "sociedade, associação, clube, partido" e "Ọrun", "céu, firmamento". [NE]

todo mundo vindo, com seus erros e acertos, e nos compreende como poucos. Exu é o senhor das encruzilhadas. A partir delas, tudo é caminho. Ele é o senhor da comunicação, da alegria, do prazer de estar vivo! Exu é o senhor da paciência. Sem disciplina, ordem e organização, que são axés de Exu, tudo é caos e confusão, e Ele não quer que você continue tentando contra a própria vida, pois vocês dois ainda têm muito a fazer aqui no Aiyê!

Quando Pai Alfredo disse isso, o homem de *dread* encostou o nariz no meu, olhou profundamente em meus olhos e gargalhou longamente. Aquele som foi entrando em meus poros, que pareciam estar sendo ativados, superexcitados e desligados. Exatamente: eu apaguei! Mais tarde, vim saber que bolei,[3] e Exu avisou que, se eu saísse dali, talvez fosse tarde demais, pois eu tinha preparado tudo para mais uma tentativa de autoextermínio.

Exu só largou meu corpo na tarde do dia seguinte, quando tudo me foi explicado. De repente, lembrei que havia perdido a manhã de trabalho. Quando consegui ligar o celular, havia uma mensagem pedindo para que eu passasse no RH para acertar as contas, pois eu estava faltando com muita frequência nos últimos meses. Mesmo sem saber exatamente o porquê, peguei minha rescisão, paguei dois aluguéis adiantados, guardei um pouco na aplicação e entreguei o restante nas mãos de Pai Alfredo, suplicando:

— Eu aceito Exu! Por favor, salva a minha vida, pai! Eu já não aguento mais estar morto por dentro! É um vazio tão

3 Nas religiões de matrizes africanas, trata-se do momento em que um não iniciado "apaga", entrando em um tipo de transe. [NE]

dolorido, que eu só quero que pare de doer! Eu cansei de me sentir estranho e deslocado aonde quer que eu vá... cansei de chorar até dormir de exaustão, cansei de não saber quem eu sou. Me ajuda!

Pai Alfredo, com lágrimas nos olhos, abriu os braços e me acolheu no abraço mais paternal que eu já recebi. Enquanto ele afagava meu cabelo, bolei novamente e, 21 dias depois, me tornei Dofono de Exu — mal sabia eu que, ao dar a esmola no Sabejé, estava contribuindo para meu próprio barco...

— Mas, *Bàbá*, o senhor não teve medo de entrar em uma "roubada" ao se iniciar em uma casa que o senhor não conhecia? — perguntou minha rombona.[4]

— Dofona de Ogum, eu tive medo, sim, mas estava com mais medo de mim e da minha cabeça ruim. Dei sorte que meu Pai Alfredo é um homem digno e ético, e me orientou a conduzir minha vida espiritual da melhor maneira. Tive a sorte também de ser filho desse grande senhor dos caminhos que me curou e arrancou do meu peito a depressão, ressignificou tudo em mim e me fez sair do inverno da alma, fazendo-me acreditar que a primavera sempre chega. Exu me deu a oportunidade de continuar a viver e de ser instrumento Dele para também salvar outros que, como eu, em algum momento são consumidos pela dor.

Olhando meus filhos e filhas sentados ao meu redor, ouvindo-me contar minha história de axé, aqui, nas terras que consagramos a Exu e onde estamos erguendo cada pedacinho de

4 Trata-se do primeiro filho ou filha a ser iniciado(a) pelo sacerdote ou pela sacerdotisa em determinado terreiro. [NE]

Exu de Nívea Werneck Barásojí — Salvador (BA), 2025

sua roça de Candomblé, agora outorgado babalorixá, só posso agradecer a reviravolta daquele fatídico dia, que poderia ter sido o último. Felizmente, Exu quis que fosse o primeiro de uma nova jornada em que tenho um novo nome e que percorro disposto a fazer valer a confiança desse magnífico Orixá.

Hoje, meu corpo está exausto pela correria da dupla jornada como profissional e sacerdote, mas meu Orí e meu *okan*[5] estão repletos de uma satisfação e uma alegria de viver que jamais experimentei antes! Exu me ensinou que não há noite sem fim, não há tempestade eterna e que a primavera sempre chega — mesmo depois do inverno mais rigoroso, ela sempre voltará!

Laroiê,[6] Exu!
Adúpẹ́, Bàbá mi! Adúpẹ́![7]

5 Em tradução livre do iorubá, significa "coração". [NE]

6 Saudação iorubá ao Orixá Exu: "Láròyé" significa "Ele é controverso!". [NE]

7 Segundo o *Dicionário yorubá-português*, de José Beniste (Bertrand Brasil, 2019), "adúpẹ́" quer dizer "nós agradecemos"; "Bàbá" significa "pai, mestre"; e "mi" é o pronome possessivo "meu, minha". Assim, podemos traduzir como "Agradecemos, meu Pai! Agradecemos!". [NE]

Exu de Barakejé — Salvador (BA), 2023

Quem é Exu?

Princípio vital de tudo o que existe, o Orixá Exu é uma divindade africana, senhor da comunicação, do mercado, dos caminhos, do prazer, da reciprocidade. Exu é cada encruzilhada que nos possibilita o recomeço, porque, a partir da encruzilhada, tudo é caminho, tudo é Exu.

O movimento também é dos domínios de Exu. Ele é essa esfera divina que provoca, transforma, impulsiona e revitaliza.

Exu é o grande mensageiro entre o plano terreno e a esfera espiritual. Para entrar em contato com qualquer outra divindade, é preciso falar primeiro com Exu.

Distante da visão demonizada e maldosa com que o racismo religioso impregnou seu nome, Exu é um grande disciplinador que tem como essência primordial paciência, ordem e organização. Ele é um Orixá, não é e nunca foi o demônio cristão — aliás, nos cultos ao Orixá não existem demônios.

Exu é a energia que move o mundo. É a força reserva que resta após a queda. É de Exu o suspiro profundo da alma que antecede o primeiro passo para recomeçar. Exu é o começo e jamais será o fim, porque, depois do fim, se houver Exu, será recomeço!

Exu é a chama vital que faz seu coração bater, seu sangue circular e sua respiração acontecer. Exu é a força motriz que nos faz levantar após a inspiração até cair de exaustão e transpiração ao chegar à realização de um sonho. Uma vida sem paixão não vale a pena, e uma vida sem Exu é uma vida sem paixão.

Exu é cultuado no domingo e na segunda-feira. Sua saudação é "Laroiê!" e seu elemento é o fogo.

m de Thony Monteiro — Salvador (BA), 2021

Ogum do Babalorixá Ogumcynewá — Salvador (BA), 2023

Ogum

Ògún

Nos caminhos de Alagbedé[1]

Uma freada brusca, um caminhão vindo em sentido contrário... uma fração de segundos que durou uma eternidade... a colisão... ferros retorcidos, fumaça e muito sangue. Ao lado, três companheiros de viagem desacordados. Ricardo olhava atordoado para tudo aquilo, até que viu do lado de fora do carro uma chuva de fagulhas de fogo voando e um homem imenso, com um colar de peças azuis no pescoço, levantando a marreta enorme que levava nas mãos e a batendo com força em uma bigorna... Ricardo acordou sobressaltado!

Já fazia uma semana que sonhava com acidentes. A tão sonhada viagem para a

1 Do iorubá "Alágbẹ̀dẹ", segundo o *Dicionário yorubá-português*, de José Beniste (Bertrand Brasil, 2019), significa "ferreiro, ferramenteiro". No Candomblé, é um dos caminhos (ou epítetos) do Orixá Ogum. [NE]

Chapada Diamantina com o namorado e um casal de amigos seria em dois dias; pegariam estrada ainda na madrugada. Fechou os olhos por um instante e lembrou-se do homem imenso... seriam os sonhos uma premonição? Ao abrir os olhos, deparou-se com o mesmo homem imenso, olhando-o séria e fixamente e assentindo com a cabeça; dessa vez, ele segurava uma espada. Ricardo deu um grito assustado, fechou os olhos com força e puxou o lençol para cobrir a cabeça.

Acordou novamente com o barulho do despertador. Tomou banho e café da manhã de maneira mecânica, pois tinha os pensamentos tumultuados. Ajeitou a gravata, arrumou o *dread* em um coque, pegou as chaves do carro e se mirou de corpo inteiro no espelho que ficava no final do corredor, ao lado da porta de entrada. Estava feliz consigo, com tudo o que havia conquistado — o caminho para um homem preto é sempre mais árduo. Para chegar ao doutorado em Tecnologia da Informação e tornar-se professor universitário, dono da própria empresa de TI, ele bem sabia tudo o que precisara enfrentar e, sorrindo para a imagem no espelho, foi caminhando pelo corredor em direção à porta. Foi quando viu o homem imenso das contas azuis no pescoço logo atrás dele. Assustado, olhou para trás e não havia ninguém... Saiu correndo do apartamento!

Ao chegar ao escritório, ligou para o namorado e contou sobre o novo sonho, afirmando estar inseguro quanto à viagem. Dom o acalmou, disse que ele estava muito cansado com a correria do trabalho, que devia ser estresse, que o Capão lhe faria bem... e Ricardo voltou a se entusiasmar.

Ao descer para o almoço, enquanto caminhava pela rua movimentada em direção ao restaurante, foi abordado por uma senhora franzina de pele bem preta, provavelmente, com metade do tamanho dele, que segurou o braço de Ricardo bem forte, encarou-o com uma potência descomunal e disse:

— Ele não quer que você vá! Você é abestado ou o quê?

Atordoado com as falas daquela desconhecida, mas, ao mesmo tempo, achando graça da expressão irritada dela, Ricardo só conseguiu perguntar:

— Quem é "Ele"?

Ela o soltou e, já se virando para sair, falou:

— Pergunte para sua mais velha! *Ó pá isso*... Só tem tamanho, esse menino!

Ricardo almoçou rapidamente. Era o último dia de trabalho dele, a cabeça e a agenda estavam cheias demais. Lembrando-se das palavras da senhorinha, assim que chegou à empresa, ligou para a avó e avisou que iria vê-la na manhã seguinte.

— Ele avisou que você viria, meu amor! — disse a avó.

Mas quem seria "Ele"?

Foi dormir ainda mais intrigado e teve um novo sonho. Com a mão direita, o homem imenso segurava a espada atravessada na porta do carro, impedindo que Ricardo entrasse nele, enquanto *flashes* do acidente passavam em câmera lenta. O frenesi multifacetado de imagens fez com que ele despertasse sobressaltado. Tomou um banho rápido e se encaminhou para a casa de Vó Chica.

A senhora pequenina estava feliz em vê-lo. Era o neto que nunca se esquecia da avó. Vó Chica levou-o até o quarto, pegou uma caixa bonita e lhe estendeu. Dentro, havia algumas fotos de seu finado avô com um terno branco, contas coloridas atravessadas no corpo, entre elas uma azul bem grossa... Era a mesma conta do homem imenso! No fundo da caixa, embaixo das fotos, de uma boina e de um par de luvas brancas, estava a tal conta. Ricardo não entendia, mas sentia algo muito forte que o arrepiava por inteiro. E a avó começou a contar...

— Seu avô Ramiro era ogã, filho de Alagbedé, axogum[2] do terreiro dele. Era ferreiro, homem forte, alegre e apaixonado pela vida. Ele sempre foi muito discreto com a religião... Somos do tempo em que o Candomblé era uma contravenção. Ele deixou essas coisas para o neto ou a neta que ouvisse o chamado ancestral... e eu acho que é você, filho!

Ricardo era bem pequeno quando o avô se foi. Lembrava-se vagamente do velório abarrotado de gente vestindo branco, o que achou estranho, porque nos filmes via todos de preto. Recordava-se também de algumas pessoas soltando gritos estranhos e andando descalças — bem mais tarde, entendeu que eram Orixás manifestados.

A avó lhe contou que, no leito de morte, seu Ramiro havia pedido a Alagbedé que cuidasse dela e da família. Desde então, ela sempre sonhava com aquele homem imenso lhe trazendo mensagens e, nos momentos difíceis, o sentia zelando por todos da família, e esse era um deles: Ikú, a morte, estava rondando a estrada de Ricardo, e ele não deveria seguir na direção de Ikú.

O neto chorava um choro profundo, sentimentos que não entendia, parecia que tinha séculos de lágrimas para serem

2 Segundo o *Dicionário yorubá-português*, de José Beniste (Bertrand Brasil, 2019), o "aṣògún" é um "sacerdote de Ògún, sacrificador de animais". Nas casas de matrizes africanas, também é chamado de "mão de faca", é o responsável pelos sacrifícios em nome de Ogum. [NE]

choradas... lágrimas ancestres. Com a cabeça no colo da avó, segurando a conta grossa de Alagbedé nas mãos, entre lágrimas e sorrisos, ouviu-a entoar cantigas que o avô cantava para Ogum; ele e Vó Chica ficaram um tempo assim, cantando, conversando, lembrando-se de Vô Ramiro, o Ogã Ferreirinho.

Ricardo saiu de lá decidido: passou na casa do namorado e informou que não viajaria. Dom se ressentiu, pois estavam planejando a viagem havia mais de seis meses. Ele argumentou, insistiu, fez chantagem emocional, tentou de tudo, mas nada dissuadia Ricardo. Para Dom, também não fazia sentido ir sozinho. Resolveram ligar para o casal de amigos e contaram sobre as premonições de Ricardo. Os dois riram, acharam que era besteira, que ele só estava cansado. Ricardo ainda insistiu para que não fossem, mas eles reagiram com deboche e desligaram o celular chateados.

No dia seguinte, Ricardo e Dom foram acordados com um triste telefonema. O carro dos amigos havia capotado após tentarem desviar de um caminhão que perdeu o controle e invadiu a pista onde eles estavam. Só não foi pior porque eles estavam dirigindo mais devagar — após avistarem um homem imenso com uma espada na beira da estrada, lembraram-se das intuições de Ricardo e reduziram. Ambos se machucaram bastante, perderam o carro, mas estavam vivos.

Ricardo chorou e agradeceu muito a Alagbedé. Uma profusão de sentimentos tomava conta dele. Ele poderia ter perdido a vida caso Ogum não tivesse insistido tanto em ajudá-lo; e sentia que precisava agradecer à altura.

Ainda tomado pela emoção, Ricardo ligou para a avó a fim de perguntar o nome do terreiro que o avô frequentava.

Ogum do Bàbá Tojanirê — Itaparica (BA), 2

Entrou em contato e agendou um jogo de búzios com *Ìyá*[3] Marisa, a atual sacerdotisa da casa onde vô Ramiro havia sido confirmado.

A *ìyá* estava sentada na mesa de jogo quando uma das iaôs anunciou a chegada de Ricardo. Ele sorriu e caminhou até ela, mas seu sorriso morreu nos lábios assim que percebeu o susto que a ialorixá havia tomado.

— Ogum, meu Pai! — exclamou, saltando da cadeira.

Ricardo, sem entender nada, parou e viu a sacerdotisa recobrando o controle.

— Desculpa, meu filho, mas você é muito, mas muito parecido com um antigo ogã de nosso terreiro...

— Ogã Ferreirinho é meu Vô Ramiro! Que bom que a senhora o conheceu.

Ìyá Marisa, com lágrimas nos olhos, deu a volta na mesa, abriu os braços e abraçou o rapaz afetuosamente.

— Ele cortou para Iemanjá quando me iniciei, fez a ferramenta da minha Pombagira e foi uma das grandes lideranças de nossa casa. Ter você aqui é como tê-lo de volta entre nós! Para o povo iorubá, alguém só morre de fato quando é esquecido; Ogã Ferreirinho nunca morreu para nós!

A conversa foi longa e, entre sorrisos e lágrimas, Ricardo resolveu frequentar o terreiro e, um ano depois daquele fatídico início de férias, ele foi recolhido. Daqui a uma semana será o orukó de Xoroquê. Ele é ogã da Iemanjá de *Ìyá* Marisa, e as luvas e a boina do Ogã Ferreirinho, junto à conta de Alagbedé, farão parte da indumentária de apresentação do novo ogã.

3 Do iorubá, significa “mãe”. [NE]

O Orum e o Aiyê estão em festa! A ancestralidade volta a ser cuidada, o igbá de Alagbedé agora será zelado pelo neto. O homem imenso apareceu essa noite nos sonhos de roncó de Ricardo; ele sorriu de canto de boca, soltou seu ilá tribal, fazendo o chão tremer, e saiu com a espada, rasgando o tempo e abrindo caminho para a nova geração da família do reino de Irê aqui no Aiyê!

Ògún, yè! Jàṣẹ́, jàṣẹ́! Pàtàkòrí, Ògún![4]

4 De acordo com o *Dicionário yorubá-português*, de José Beniste (Bertrand Brasil, 2019), o termo "yè" significa "estar vivo, sobreviver"; "jàṣẹ́" quer dizer "ser bem-sucedido", no sentido de abençoado; e "pàtàkòrí", "pessoa importante". Assim, essa seria uma saudação completa a Ogum, podendo ser traduzida como: "Ogum vive! Ogum é abençoado! Ogum é importante!". [NE]

Ogum do BabalOrixá Tony Ornelas — Camaçari (BA), 2024

Quem é Ogum?

Ogum é o senhor das estradas, um Orixá que tem grande capacidade de transformar a realidade, otimizada por sua mente visionária e criativa, que consegue metamorfosear o metal com sua tecnologia a serviço da vida e da comunidade.

Ele é um grande general, sistematicamente lembrado como uma divindade de ímpeto violento aqui no Brasil, mas é preciso reconhecê-lo como um Orixá patrono do trabalho. Assim como inventou e forjou instrumentos de guerra, também inventou e forjou todas as ferramentas e equipamentos da caça e da lavoura, bem como todas as tecnologias que temos hoje.

A mente bélica de Ogum sempre o desafia a ser melhor que no dia anterior, a sempre alcançar novas vitórias, a ultrapassar os limites que cerceiam seu sucesso. Ogum só desembainha a espada para usá-la. Ele não ameaça e não precisa provar sua força, pois ela é sentida assim que o veem.

Cultuado na terça-feira, sua saudação é "Ogum, yê!", "Ogunhê!" ou "Patacori, Ogum!" e seu elemento é a terra.

ssi do Babalorixá Dánvulaiyó — Mairiporã (SP), 2023

ORÍ QUE É MORADA DE OXÓSSI NÃO DORME COM OS DOIS OLHOS FECHADOS!

Oxóssi do Bàbá Odé Sibó
— Salvador (BA), 2021

Oxóssi

Ọṣọ́ọ̀si

Otim de Karô Otinà — Mairiporã (SP), 2025

O ofá era dela

— Cara, estou impressionado, você é muito boa! Seu aproveitamento de disparos é de praticamente cem porcento! Você é profissional?

— Que nada! — respondeu Odete com um sorrisão incontido. — É só um *hobby* mesmo... Aliás, meu sonho é comprar um arco para treinar em casa.

— Você ainda não tem um arco? Como é tão exímia assim?

— Ah, eu sempre curti esse lance de acertar o alvo. Quando eu era pequena, vivia atirando com bodoque; depois, foram os dardos. Aí, uma amiga comentou que aqui nesse bar havia alguns arcos para serem alugados pelos clientes, e tem dois meses que vim conhecer. Como é caro para mim, essa é a terceira vez que venho... me apaixonei perdidamente por arco e flecha!

— Como assim? Você só pegou arco e flecha por três vezes na vida?

— Sim! — exclamou, orgulhosa. — Às vezes, as pessoas curtem me ver atirando e pagam mais aluguéis para me verem acertar os alvos.

— Menina, você é um fenômeno, e é muito parecida com uma amiga minha da adolescência. Impressionante! Olha, sou filho de Oxóssi, e Ele está sussurrando aqui aos meus ouvidos para que eu a incentive. Como manda quem pode e obedece quem tem juízo, vou comprar um equipamento para você e conversar com alguns amigos para ver de que jeito a gente pode fazer algo mais significativo com seu dom.

— É isso mesmo que estou entendendo? Você vai me dar um arco de presente? — perguntou Odete, já com os olhos rasos d'água.

— Em um primeiro momento, é isso, mas quero ajudar de maneira mais conclusiva — disse, entregando o celular e pedindo a ela para registrar o próprio contato. — Pronto, Odete, me chamo Mário. Ligo para você assim que conseguir as respostas de que preciso, mas minha palavra você já tem: vou te dar seu primeiro arco.

Odete não fazia ideia, mas aquele contato era o começo de uma grande transformação em sua realidade tão dura. Mário, por sua vez, era advogado, cursando mestrado, oriundo de uma família de acadêmicos que driblaram o racismo e conseguiram fazer com que a geração de Mário conhecesse uma mobilidade social completamente diferente das anteriores. Ele, hoje com 33 anos, fazia questão de incentivar e ajudar pessoas em situação de vulnerabilidade.

— Fala, Rafael! Sua bênção? Pode falar?

— Grande Mário! Oxóssi abençoe! Sua bênção? A que devo sua ligação, doutor?

— Que Ele seja por nós, irmão! É sobre as habilidades de Oxóssi que quero falar com você — respondeu Mário. Ambos riram e ele continuou. — Foi você que chegou na roça um dia falando que foi em um clube de tiro com arco, não foi?

— Foi sim! Eu frequentei um tempo, mas com a entrada na faculdade, o tempo e o dinheiro ficaram escassos. Por quê? Está a fim de conhecer?

— Cara, na verdade, não é para mim. Conheci uma garota ontem naquele barzinho que tem uma área de arco, e fiquei impressionado com a destreza dela; mas o que mais me intrigou foi nosso Pai Oxóssi ter sussurrado ao meu ouvido que eu deveria ajudá-la. Pode me passar o contato do clube que você frequentou e me explicar como a pessoa se profissionaliza nessa área?

— Eita! Será que ela também é de Oxóssi? Eu passo o contato assim que encerrarmos a ligação. Quanto à profissionalização, o mais importante é ela começar a frequentar as aulas no clube para ver se realmente curte a disciplina exigida de quem quer evoluir na área e, óbvio, para entender se ela leva jeito realmente. Caso isso se confirme, mesmo sem estar ligada a nenhuma federação ou confederação, ela pode começar a participar de campeonatos e ir pegando gosto; porém, se ela é boa mesmo, aí vale a pena já se confederar para que cada marca alcançada nos campeonatos seja contabilizada, já que, se ela bater algum recorde como atleta, e não estiver filiada, essa marca não contará na vida profissional dela.

— Que bacana, irmão! Vem cá, que tipo de equipamento é o ideal para quem está começando?

— Meu velho, você está mesmo a fim da gatinha, hein? — questionou Rafael, sorrindo.

— N'é isso não, cara! Ela é linda, sim, e até parece demais com meu primeiro amor da adolescência, mas é muito novinha. Meu intuito é mesmo ajudar na materialização do grande sonho dela. E, cara, dificilmente Oxóssi fala comigo, e Ele pediu que eu a ajudasse... então, vou fazer isso.

— Tá certo... vou fazer de conta que acredito! Quanto aos equipamentos, não compre nada agora! Os clubes têm os equipamentos; é importante que ela comece por eles. Se ela realmente for se firmar na área, aí sim você pensa nisso e busca orientação com os profissionais do clube sobre o que é mais indicado para ela.

— Valeu, meu *brother*! Não esquece de me enviar o contato... nos vemos nas funções do final de semana.

Mário entrou em contato com o clube de tiro com arco e informou-se sobre dias, horários e valores. Em seguida, ligou para Odete, mas o telefone chamou várias vezes e ela não atendeu. Então, enviou uma mensagem de texto e seguiu a vida.

Já passava da 1h30 quando a resposta dela chegou: "Boa madrugada, Mário! Desculpa o horário, imagino que esteja dormindo, só estou respondendo agora para que você não pense que não tenho interesse... é que acabei de chegar em casa. Lá na lanchonete onde trabalho, não podemos ficar ao celular e sua mensagem chegou um pouco depois do meu horário de lanche, que é quando confiro o celular. Fiquei superfeliz com essa bolsa no clube de tiro e agradeço imensamente! Acho que nem vou conseguir dormir de tão feliz! Só preciso entender quais os horários disponíveis por causa dos meus trabalhos."

Prontamente, Mário ligou para ela.

— Oi, Odete! Ainda estou acordado. Estava revisando minha dissertação e passei do horário. Empregos? Você trabalha em mais de um emprego?

— Sim, preciso ajudar minha mãe, que é portadora de uma doença autoimune, e meu irmão de seis anos, pois o pai dele nos abandonou depois do diagnóstico dela.

— E seu pai?

— Eu não o conheci; ele sumiu quando minha mãe contou que estava grávida de mim. Ela só tinha quinze anos... Nós vivíamos com meus avós até sete anos atrás, quando ela se envolveu com o pai do meu irmão e foi morar com ele. Mas minha vó e meu vô morreram com diferença de meses e ela não aguentou: começou a ter febre em cima de febre, e descobrimos que ela tem uma doença autoimune que a deixa muito debilitada... Aí já viu: o marido se mandou! Então, eu trouxe meu irmão e ela de volta para a casa em que morávamos com meus avós. Pelo menos não gastamos com aluguel. — A garota tomou fôlego e continuou. — Então, durante o dia eu trabalho com faxina, porque não posso ter emprego fixo, pois preciso acompanhar meu irmão e ela quando precisam ir ao médico, ou quando ela está com muita dor e não consegue ficar só. À noite, trabalho em uma lanchonete, pois, como não consigo pegar muitas faxinas, preciso desse dinheiro para dar conta dos medicamentos, da alimentação, do material escolar do João... enfim, para manter nós três.

— Menina, quem te vê com aquele arco na mão, tão radiante, tão feliz, não tem ideia da barra que você enfrenta. Parabéns por sua garra e responsabilidade, mesmo sendo tão jovem. Depois de saber disso, acho ainda mais que você é de Oxóssi!

— Quem é Oxóssi? Você falou esse nome naquele dia e eu fiquei "boiando"!

— Oxóssi é uma divindade africana, um Orixá caçador, aquele que vai para a mata e traz a caça para sustentar seu povo. Um dos símbolos dele é o arco e flecha.

— Que interessante! Isso é de Umbanda ou Candomblé?

— Ele está presente em ambas, mas é cultuado nas duas de formas diferentes. No meu caso, sou de Candomblé, mas não me iniciei, tenho só um ano na minha casa.

— Eu nunca fui em uma festa dessas, quando tiver atividade no seu terreiro, me avisa?

— Opa! Aviso, sim! Mês que vem teremos a festa de Oxóssi, vou olhar direito a data e digo a você. Vou deixá-la descansar agora e, assim que desligar, vou compartilhar com você uma imagem com os dias e horários de aula no clube. Vamos dar um jeito para que consiga frequentar.

— Cara, você fez esse dia tão difícil terminar da melhor maneira possível! Muito obrigada!

— Você merece todo o apoio; é uma menina de ouro! Bom descanso, nos falamos amanhã.

O dia seguinte começou com Mário pensando em uma forma de ajudar Odete efetivamente, e não com algo paliativo ou passageiro. Ligou para a *ìyá* e perguntou se ela poderia jogar para ele. Com a resposta positiva, correu para a roça, tomou banho de folhas, bateu paó[1] nos fundamentos e foi pedir a bênção da *ìyá*.

— Mãe, do nada, surgiu uma garota em minha vida, e meu Pai Oxóssi pediu que eu a ajudasse. Quero saber se essa solicitação é por parte dele mesmo ou se eu estou maluco.

— Filho, o pedido para ajudá-la vem de Oxóssi mesmo. Quem ajuda em nome do Orixá, um dia terá muito mais em retorno, esteja certo disso! Está dizendo aqui que você ficará muito feliz com o presente que Ele vai lhe dar se você o obedecer.

— É lógico que vou, mãe! O que será, hein? Fiquei curioso!

Saiu do jogo com a mente mais centrada no que deveria fazer para ajudar Odete. Enviou-lhe uma mensagem perguntando se poderiam almoçar juntos. Não demorou e ela respondeu que estava no hospital; a mãe havia sido internada e ela não poderia sair de lá, mas poderia descer um pouco para falar com ele se fosse urgente. Ele marcou para as 13h, pois assim poderia levar algo para ela comer, porque tinha a certeza de que ela passaria o dia com um salgado ou um biscoito.

— Oi, Odete, estou aqui no estacionamento. Pode descer? Vou te esperar na porta de entrada do hospital.

Odete sorriu quando viu aquele homem que, em pouco tempo, estava se tornando tão especial.

— Está com fome?

Ela acenou timidamente que sim.

— Então, vamos lá no carro para você comer um pouco enquanto a gente conversa. Como está sua mãe? — perguntou enquanto seguiam para o estacionamento.

1 Do iorubá "pawọ́", representa o ato de "bater palmas". [NE]

— Ela está com pneumonia; a medicação acaba baixando muito a imunidade dela. Enquanto conversávamos essa madrugada, eu a ouvi tossir muito. Foi eu deitar e ela me chamar... não estava conseguindo respirar. Aí, pedi para minha amiga, que é minha vizinha, ir para lá fazer companhia para meu irmãozinho e vim para cá com ela.

— Nossa, você conseguiu cochilar um pouco? Ah, eu trouxe espaguete com almôndegas, achei que seria mais fácil de comer dessa forma — avisou assim que chegaram no carro.

— Eu amo espaguete! Muito, muito obrigada, Mário! Quanto a cochilar: que nada! A enfermaria está lotada, ela ficou um tempão no corredor em uma maca. Agora há pouco conseguiram um leito para ela... é bem complicado. Vou esperar passar o horário de visita da tarde para dar um pulo em casa, senão vou gastar o pouco dinheiro que tenho em condução para ir e vir. Mas, me diga, o que trouxe você aqui?

— Serei breve, então. Odete, quero que trabalhe para meu escritório de Direito. Você cuidará de nossas redes sociais corporativas, não se preocupe porque conseguirei um notebook e uma internet de boa qualidade para você trabalhar de casa. Assim, poderá dar suporte à família e terá tempo para treinar tiro com arco. Se aceitar, pode ligar agora mesmo para a lanchonete, dizendo que não vai mais.

— Você está falando sério, Mário?

Odete estava quase gritando de tanta euforia. Saiu do carro e começou a pular freneticamente, enquanto Mário ria da cena emocionante. Depois, ela retornou para dentro do carro e continuou:

— Lógico que eu aceito! Só se eu fosse maluca para dizer não! Meu Deus! Se isso for um sonho, não me acorda! — E riram juntos.

— Não é um sonho, menina, isso é real! Eu fico muito feliz que tenha gostado da ideia.

— Mário, por que você está fazendo tudo isso por mim?

— Cara, você merece muito esse apoio. Eu tenho um carinho gratuito por você, mas não quero que pense que tenho segundas intenções. Você é uma menina preta, batalhadora, honesta, dedicada... eu realmente quero ajudar, vejo potencial em você — disse ele, enxugando as lágrimas que teimavam em descer aos pares pelo rosto sereno de Odete.

Mário, ao olhá-la de relance, conseguiu se lembrar da pessoa com quem ela se assemelhava: era muito parecida com seu primeiro amor, Ofélia, a menina que nunca saiu de seu pensamento e que tornou sua vida afetiva quase nula. Isso era assunto constante com a psicóloga, pois ele não se conformava que ela havia desaparecido da noite para o dia. Voltou a atenção para a jovem e disse:

— Odete, abaixa o encosto do banco e tira um cochilo. Eu vou comprar água para a gente. Por favor, me dê as informações de sua mãe para eu passar lá na recepção e perguntar se está tudo bem. Enquanto isso, você descansa.

Ela entregou para Mário um papel com as informações da internação, baixou o banco e apagou. Ele ligou o ar-condicionado, deixou o volume do rádio bem baixinho e foi até a recepção, mas a intenção dele não era só saber as condições da mãe de Odete, e sim transferi-la para um quarto individual.

Diante da profissional que iria verificar essa possibilidade, entregou o papel da internação e, com surpresa, ouviu a moça perguntar:

— A paciente é a dona Ofélia, nascida em 15 de maio, é isso?

Mário gaguejou um "sim" e seu coração disparou como nunca mais havia acontecido desde sua adolescência. Seria a sua Ofélia?

Após resolver tudo e pagar pelo quarto individual para onde ela seria transferida, Mário pediu para vê-la assim que ela estivesse instalada. Quando tudo se concretizou e a enfermeira avisou que ele poderia entrar, a ansiedade ficou tão forte que as pernas paralisaram, o coração acelerou e Mário suava frio.

Ao entrar no quarto, quase desmaiou ao descobrir que realmente era a SUA Ofélia! Ele havia sonhado tanto com aquele momento, mas nem nos piores pesadelos imaginara que a encontraria assim, tão frágil, sofrida, magrinha. As lágrimas brotavam incontroláveis. Sob a máscara de oxigênio que a ajudava a respirar, com toda a dificuldade, ela perguntou:

— Moço, por que está chorando? O que aconteceu? Quem é você?

Mário tirou a máscara que escondia o rosto e, dessa vez, foi Ofélia quem chorou... Ela também o reconheceu e uma avalanche de emoções a atordoaram, tornando ainda mais difícil respirar.

— Pelo amor do Orixá, Ofélia, fica calma! Respira! Eu não posso perder você novamente! Você precisa se recuperar.

— O que está fazendo aqui, Mário? Como me encontrou? Andei sonhando tanto com Oxóssi nos últimos tempos, mas jamais imaginei que fosse anunciando sua volta para a minha vida; ainda mais assim, nesse estado horrível em que estou!

— Você está linda como sempre! Abatida, mas linda! — disse ele, ao lado da cama, segurando uma mão e, com a outra, acariciando o cabelo da mulher. — Ofélia, você desapareceu por ter engravidado da Odete?

— Você chegou até aqui por meio dela?

— Sim! Da forma mais inusitada e despretensiosa possível, e até agora há pouco eu nem imaginava que você era a mãe dela. Obviamente, é impossível olhar para ela e não lembrar de você... mas responda o que perguntei, por favor!

— É... — balbuciou muito envergonhada.

— Desculpa tocar nesse assunto assim, com você tão frágil e debilitada, mas isso me assombra há dezenove anos. Eu só amei você a minha vida inteira, Ofélia, foi amor à primeira vista! E parecia que era recíproco, mas, de repente, do nada, você simplesmente desapareceu...

O choro o obrigou a interromper a fala, mas logo continuou:

— Eu fui até sua casa várias vezes! A vizinha disse que vocês tinham mudado de cidade e que não estava autorizada a dizer nada. Eu quase enlouqueci de dor, entrei em depressão, comecei a fazer terapia e nunca superei sua partida.

— Mário, aquele foi um dos piores momentos da minha vida! — disse ela, trêmula e com lágrimas caindo aos pares. — Você se lembra do Jorge do segundo B?

— Lembro, sim, repetente, bem mais velho que a gente... um cara super problemático, encrenqueiro, mexia com várias coisas ilícitas...

— O próprio. Um dia, voltando do curso de informática à noite, ele me encurralou em um terreno baldio... Ele ameaçou acabar com a minha família se eu contasse para alguém. Eu só tinha quinze anos, não sabia o que fazer! Então, descobri que estava grávida e contei para minha mãe. Ela implorou que eu não contasse ao meu pai a forma como tinha acontecido, porque um homem de Ogum jamais deixaria aquele canalha vivo, e isso destruiria a vida do meu velho pai. Mas uma gestação naquelas condições, sem o nome do pai, fez com que ele se envergonhasse de mim, e mudamos para o sítio da minha avó.

— Minha querida, eu sinto muito por isso! Quanto sofrimento para uma vida inteira por causa de um verme como aquele! E, pelo jeito, você não contou para a Odete também, não é?

— Não, contei a mesma coisa que disse a meu pai: que o rapaz fugiu para não assumir. Tenho a certeza de que seria muito sofrido para ela saber que foi gerada dessa forma. Ela é uma garota incrível, sempre foi um ser humano admirável, desde criança faz a diferença onde está. Pelo jeito, você sabe da nossa situação, ela nos assumiu como dependentes e parou a vida para nos dar suporte. Eu fico arrasada por isso, queria ver minha filha fazendo faculdade e aproveitando a adolescência; em vez disso, ela trabalha o máximo que pode para que não falte nada para nós.

— Sim, ela me contou. Mas, assim como Oxóssi pediu que eu ajudasse Odete, vou ajudar você também! Ofélia, preciso que aceite, independentemente de qualquer coisa, eu necessito que fique bem.

Os dois continuaram a conversar e, de repente, Odete bateu na porta e entrou.

— Ah, vocês já se conheceram! E, cara, essa estada da minha mãe aqui na suíte será debitada do emprego no qual eu nem comecei?

Os três riram, e Mário explicou:

— Odete, eu e sua mãe fomos amigos na época de escola, acredita? Lembra-se de quando eu falei que você se parecia muito alguém?

— Jura? Lembro, sim! Eita, mundinho pequeno! É por isso que vocês estavam chorando? Porque os dois tão com cara de choro — perguntou desconfiada.

Ela e Mário contaram para a mãe sobre como se conheceram, da proposta de emprego e das aulas no clube de tiro com arco. A enfermeira entrou para aplicar a medicação e deu uma bronca neles por não deixarem Ofélia descansar. Mário se despediu, deixou algum dinheiro com Odete e prometeu voltar na manhã seguinte.

Ele estava lá quando Ofélia teve alta e levou as duas para casa. Também foi com Odete à primeira aula de tiro com arco da menina e se encantou com a alegria genuína daquela jovem admirável.

Ao término da aula, o instrutor, encantado, teceu muitos elogios à capacidade técnica de Odete. Estava entusiasmado em treiná-la e alimentou neles a esperança de que, em breve, ela começaria a competir. Depois, por telefone, Mário pediu indicação de equipamentos e, na semana seguinte, passou para levá-la ao clube. Nesse dia, combinou com Ofélia e João para que fossem assistir à aula de Odete. Quando chegaram ao clube, um equipamento novinho estava lá, com um laço de fita vermelha. Todos choraram juntos, e a alegria esfuziante da menina contagiou todos no clube. Mário assistiu à aula, tocando discretamente a mão de Ofélia, e os olhares trocados eram repletos daquele amor adolescente que os infortúnios da vida não deram conta de matar.

Também foram juntos para a festa de Oxóssi na roça de Mário. Odete ficou embasbacada com tamanha beleza; o sorriso dela transbordava encantamento. Quando, durante o rum, o Oxóssi do *bàbá kékeré*[2] da casa veio na direção deles, investindo o ofá em plena caçada, Odete bolou em cima de Mário que, ao tentar segurá-la, bolou também. Os dois caíram juntos, braços entrelaçados e Orí colados. A *ìyá* viu e profetizou:

— O próximo barco será dos caçadores!

Segunda-feira, no primeiro horário, estavam defronte à *ìyá* para jogar e perguntar ao Orixá quais seriam os próximos passos. O Oxóssi de Mário pediu que ele esperasse a matéria de *Ìyá* Otim estar pronta para que entrassem juntos, e essa instrução já definiu quem regia o Orí de Odete.

Cinco meses depois de ter bolado no *àjọ̀dún*,[3] *Ìyá* Otim deu mais seis meses para que Odete frequentasse o terreiro e, espontaneamente, decidisse se queria ser iniciada ali. Ela e Mário formarão o barco dos caçadores e sairão na festa de Oxóssi,

2 Segundo o *Dicionário yorubá-português*, de José Beniste (Bertrand Brasil, 2019), é a "denominação de um pai de família quando o avô ainda está vivo"; liturgicamente, é o nome dado aos pais-pequenos dos terreiros de Candomblé e Umbanda. Em português, "babaquerê" ou "babá quequerê". [NE]

3 Trata-se de uma festa anual para a celebração de algo. No texto, refere-se à festa de Oxóssi. [NE]

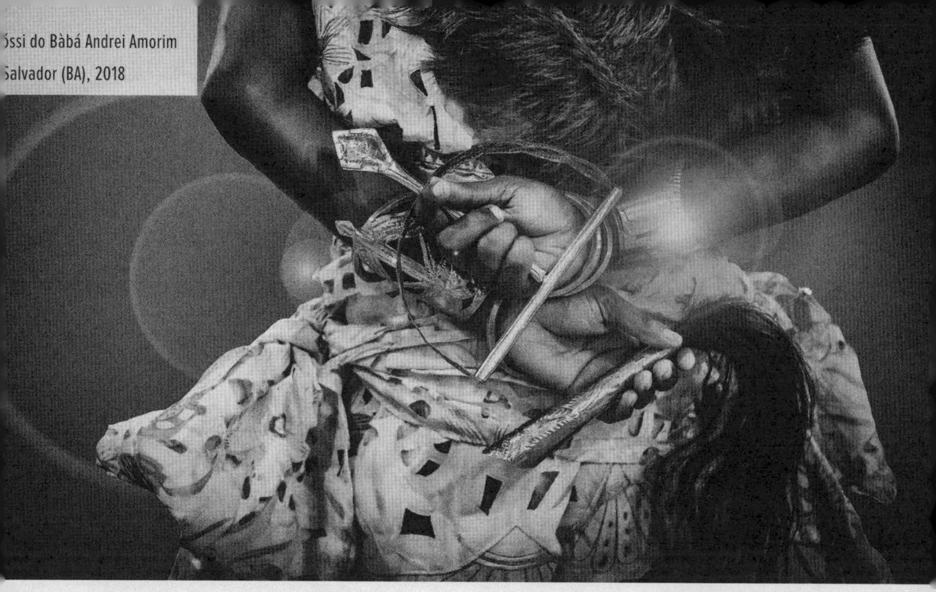

Ọ̀ṣọ́ọ̀sì do Bàbá Andrei Amorim
Salvador (BA), 2018

que marcará um ano daquele primeiro momento do Orixá com Odete. Ela, por sua vez, está pagando boa parte do processo iniciático com os prêmios que vem ganhando nas competições locais e estaduais de tiro com arco.

Ela continua trabalhando para o escritório de Mário, mas dedica a maior parte do tempo a se aprimorar no arco e flecha. Combinaram que, após o processo iniciático, ela voltará a estudar e cursará uma graduação.

O amor de Mário e Ofélia reacendeu depois de muito conversarem. Semana passada foi o casamento deles e João, o filho mais novo de Ofélia, entrou com as alianças em uma cerimônia para poucos, mas repleta de elegância e ternura.

A saúde de Ofélia melhorou muito, pois vem se submetendo aos tratamentos adequados, se alimentando bem e não tem mais o estresse que a fazia ter crises dolorosas. Odete está se preparado para o primeiro torneio brasileiro e, logo depois, ela e Mário se recolherão para viver o momento de entrega profunda ao Orixá.

Ìyá Otim, a caçadora do arco quadrado, cismada e atenta, que não passa duas vezes pelo mesmo caminho, traçou o futuro da filha para ser vencedora. Oxóssi é o caçador de uma flecha só. Ele prometeu e cumpriu, presenteou Mário com o que ele mais desejava no Aiyê: seu grande amor! Aquele que ouve o Orixá, que vive sob sua égide, jamais será esquecido pelo grande caçador!

Òkè àró, Ọdẹ! Òkè bambo, Ọtìn![4]

4 De acordo com o *Dicionário yorubá-português*, de José Beniste (Bertrand Brasil, 2019), o termo "òkè" significa "montanha", mas também é usado para indicar algo alto; "àró" é um "título de honra entre autoridades civis"; e "Ọdẹ", significa "caçador", sendo um dos epítetos de Oxóssi. O termo "bambo" não possui tradução conhecida, mas podemos entender as saudações como: "Salve o grande caçador Odé! Salve o(a) grande caçador(a) Otim!". [NE]

Oxóssi de Pai William Peixoto — São Gonçalo dos Campos (BA), 2023

Quem é Oxóssi?

Patrono do Candomblé da Nação Queto,[5] Oxóssi é o senhor dos caminhos na mata, o caçador de ares contemplativos e corpo delgado que pisa sem pesar sobre a folha seca. É o protetor dos odés ("caçadores").

5 Cidade situada a sudeste da República do Benim, na fronteira com a Nigéria. Também escrita como "Ketu" ou, em iorubá, "Kétu". [NE]

Oxóssi é o dono da fúria serena. Envolto na pele da última presa, é aquele que traz a fartura de alimentos. É muito responsável, compenetrado e focado, mas também muito festeiro, celebrativo e tem como grande objetivo o bem e a subsistência da comunidade — para Ele, o essencial é pensar no coletivo.

A caçada de Oxóssi não se restringe apenas à caça física e à luta pela subsistência, mas à caçada existencial, repleta de conhecimento que, assim como o *ẹran* ("carne"), também será compartilhado para o bem da comunidade.

Nos olhos dos filhos, reflete-se a expressão do olhar d'Ele a espreitar a vida... paixão às vezes, foco constante, desconfiança sempre!

Cultuado às quintas-feiras, sua saudação é "Okê arô!" e seu elemento é a terra.

Orí que é morada de Oxóssi não dorme com os dois olhos fechados!

Okê arô!

im da Iyá Tiffany Odara — Lauro de Freitas (BA), 2021

OSSAIM SE FUNDE À MATA E ELA VIRA OSSAIM EM UMA TROCA SIMBIÓTICA DE CONTINUIDADE.

Agué de Jilemim — Salvador (BA), 2023

Ossaim

Ọsányìn

Ele aprendeu a amar Ossaim

Enfim, chegou o dia seis de outubro! Data em que Bruk completava a tão esperada maioridade. Ele despertou antes do primeiro toque do celular e um sorriso tomou seus lábios fartos. Elevou o pensamento à finada mãe, pensando no quanto ela ficaria feliz em celebrar com ele seus dezoito anos.

Sua mãe, Luedji, uma mulher iniciada para o Mistério, falecera, repentinamente, havia três anos. Após o falecimento da mãe, o garoto teve de morar com o pai e a madrasta. Além de perder a mãe, também perdeu o direito de ir ao terreiro, pois a religião paterna abominava o Candomblé; mas era no terreiro que Bruk era feliz.

Depois de tantos anos, essa era a primeira vez que ele voltaria ao terreiro, já que o pai havia determinado que ele só escolheria a própria religião depois de completar dezoito anos. Estava muito ansioso para enfim saber quem era seu Orixá, o dono de seu Orí, e o presente da avó materna era justamente um jogo de búzios com Mãe Ana de Nanã, a ialorixá que cuidava da mãe de Bruk.

Dona Amara, a avó materna, passou para pegá-lo na saída da escola. Deu um abraço bem apertado no neto, olhou profundamente em seus olhos e disse:

— Tenho a certeza de que sua mãe tem muito orgulho de você, meu amor!

Permaneceram abraçados e, em silêncio, choraram a falta de Luedji.

Após se acalmarem, dirigiram-se para o terreiro, onde havia uma festa surpresa para Bruk. O rapaz se emocionou, sorriu e saciou a saudade de todos.

Após o delicioso almoço e o bolo de sobremesa, Mãe Ana se retirou para preparar a sala de jogo. Logo, pediu que Bruk seguisse até lá. Enquanto a *ìyá* traçava uma mandala, jogava várias vezes e fazia anotações. Ele a admirava maravilhado! Quando ela parou e levantou o olhar, o garoto perguntou:

— Então, Mãe Ana, qual é o meu Orixá?

— Você é de Ossaim, meu filho!

— Ossaim? Poxa, nem conheço... — falou frustrado.

Mãe Ana riu com a espontaneidade do jovem, chamou-o para sentar-se em um *àpótí*[1] próximo à cadeira dela, segurou as mãos dele e disse:

— Meu amor, é um grande privilégio ter sido escolhido por Ossaim!

1 Nos terreiros, é usado como sinônimo de "banquinho" ou "banqueta". Em iorubá, conforme o *Dicionário yorubá-português*, de José Beniste (Bertrand Brasil, 2019), significa "caixa, cofre, mala". Em português, "apoti". [NE]

— Ah, mãe, é que eu queria ser de um Orixá forte, sabe? Tipo Ogum, Xangô...

— É o Orixá que escolhe a gente, não o contrário, entende?

Baixando os olhos meio envergonhado, ele acenou afirmativamente com a cabeça e perguntou:

— E, tipo... qual é o superpoder desse Ossaim?

Mãe Ana gargalhou, e percebeu que teria de apresentar o grandioso pai ao filho.

— Bruk, Ossaim é o senhor de todas as plantas, aquele que sabe o nome e o encantamento de todas as folhas. Ele conhece as palavras que encantam uma erva para que ela vire remédio ou veneno. Sem Ossaim, não tem floresta, não tem semente, não tem plantação e, portanto, não tem frutas, verduras ou legumes. Se não tem folha, não tem culto ao Orixá, não tem medicamentos e nem perfumes, por exemplo. Seu pai é a base da vida aqui no Aiyê!

Ao ver os olhinhos do garoto brilhando, a *ìyá* percebeu que havia despertado nele o interesse por Ossaim. E continuou...

— Ossaim é filho de Nanã. Ele mora nas matas, é um pesquisador da natureza, faz poções, bebidas e encantamentos. Ele é desconfiado, arisco, passa muito tempo recluso e em silêncio. Ossaim sente e é sentido pelos animais e pelas plantas, como se fossem um só organismo em uníssono. Filhos de Ossaim, normalmente, são sedutores, têm algo de menino que carregam para sempre, gostam de festa e são dados às fortes emoções. Têm muita habilidade em misturar sabores e inventar comidas e bebidas incríveis.

Bruk sorria feliz e, quando ia fazer um comentário, foi interrompido por uma barulheira que vinha lá de fora, uma buzina

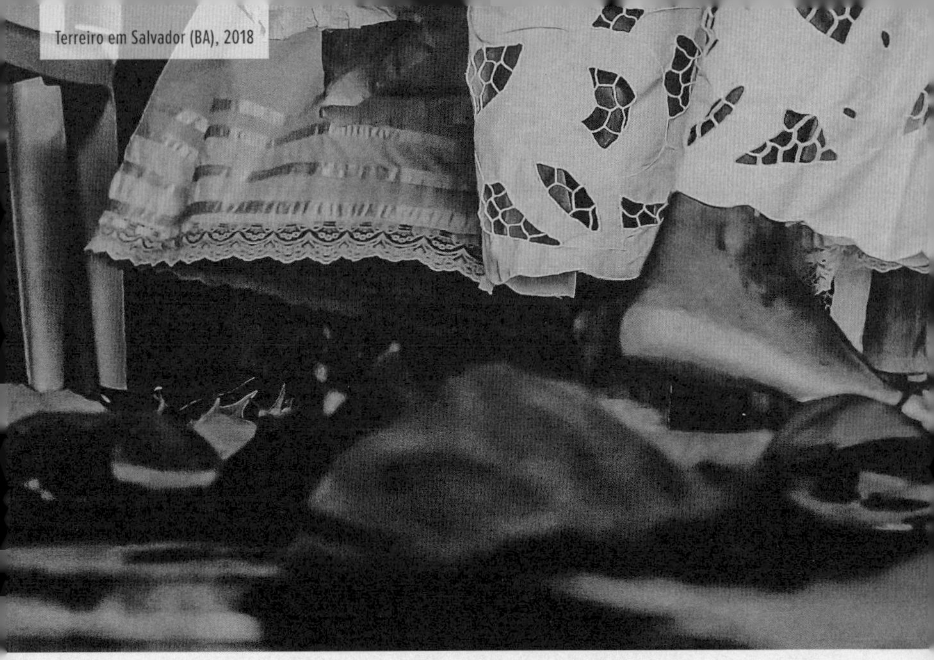

Terreiro em Salvador (BA), 2018

insistente e gritos desesperados. Eles saíram da sala de jogo e ele logo viu o pai gritando no portão. A princípio, achou que Fernando tinha vindo repreendê-lo, mas, conforme as pessoas saíam da frente, viu a irmãzinha desacordada nos braços do pai.

— Pai, o que o senhor está fazendo aqui? O que houve com a Sarah?

— Sua irmã foi desenganada pelos médicos, Bruk... teve mais uma sequência de convulsões... Não aguento mais ver minha filha, tão pequena, sofrendo desse jeito! Já a levamos em tudo que é médico, tudo que é igreja, e nada! Ela só piora!

Então, Fernando se jogou de joelhos na frente da ialorixá, seguido da esposa, Leda, igualmente desesperada.

— Mãe Ana, pelo amor de tudo o que é mais sagrado, salva a nossa filhinha! — Leda suplicou.

Antes de qualquer pessoa dizer algo, Ossaim transbordou no Orí de Bruk, tomou o corpo do rapaz, deu um passo à frente e

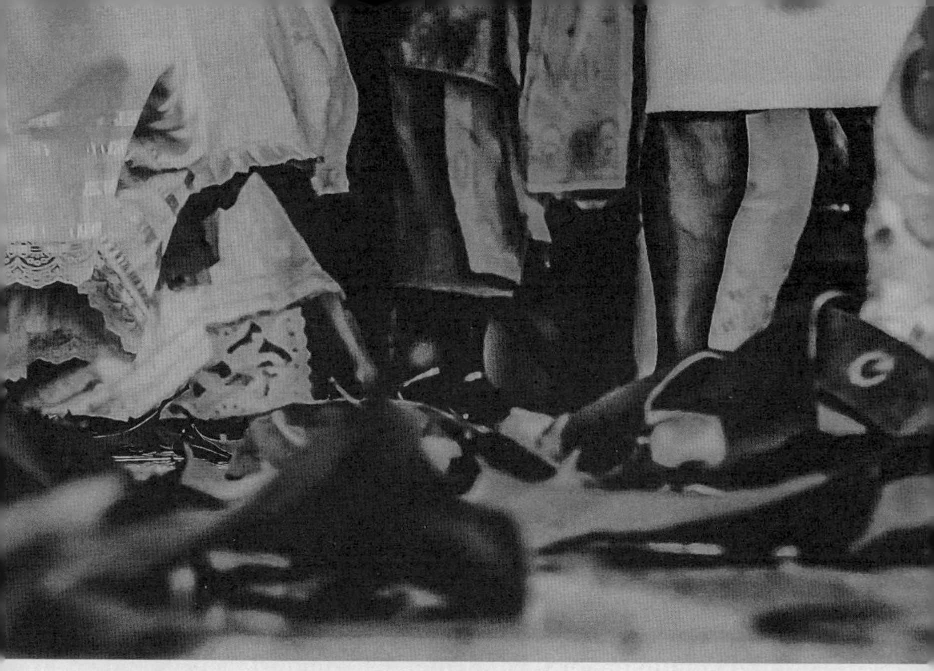

pegou a menina no colo. Sussurrou ao ouvido de Mãe Ana; pediu que ela providenciasse uma série de plantas e ervas. Quando a *ìyá* saiu, Ossaim começou a entoar algo inaudível aos demais, ao ouvido da criança, enquanto a embalava nos braços.

Depois de um tempo que mais pareceu uma eternidade, quem voltou com as ervas foi Nanã. Ela pôs as ervas sobre uma esteira e pegou a criança dos braços de Ossaim. Em seguida, ele pilou algumas ervas secas e macerou outras frescas enquanto entoava palavras em iorubá. Quem tinha "santo" para dar, já estava manifestado em uma grande corrente de amor e axé, entoando a cantiga de cada folha, arrepiando até o mais insensível dos mortais.

Ao final, com a menina já desperta e quietinha no colo de Nanã, Ossaim pediu que a fizessem engolir o *ẹ̀jẹ̀*[2] verde das er-

2 Do iorubá, quer dizer "sangue". [NE]

vas maceradas por Ele e que a banhassem imediatamente, após Nanã ter passado um ebó pesado de *àbíkú*[3] no corpinho dela.

Nem parece que tudo isso foi há um ano! Ontem foi a saída de Bruk, Dofono de Ossaim, de Sarah, Dofonitinha de Ewá e a confirmação do ogã de Nanã, Fernando de Omolu. Barco bonito, a família quase toda renasceu para o Orixá em gratidão à vida de Sarah. Só a futura equede, Leda de Iemanjá, tinha ficado para o próximo barco, pois não se recolhe marido e mulher no mesmo barco.

Foi lindo! Não tinha quem não chorasse com Ossaim carregando nos braços a bebê de Ewá. Com apenas dois aninhos, Sarah participou de tudo quietinha, sorridente, mas com o Orí ainda muito imaturo para entender a importância de tudo o que fora vivido. Seu Okan, contudo e certamente, jamais deixará que ela se esqueça do amor do Orixá por ela.

Sem Ossaim não tem Orixá, não tem vida, não tem folha, não tem nada!

Ewé o asà o![4]

3 Segundo o *Dicionário yorubá-português*, de José Beniste (Bertrand Brasil, 2019), trata-se da "denominação de um tipo de espírito que encarna em pessoas especiais (*lit.* aquele que nasce para morrer [cedo] e retornar outras vezes)". Ikú é a própria morte. [NE]

4 Segundo o *Dicionário yorubá-português*, de José Beniste (Bertrand Brasil, 2019), o termo "ewé" significa "folha, folhagem" e "asà" quer dizer "escudo, defesa, proteção". Portanto, a saudação pode ser traduzida como "Que as folhas me protejam!". [NE]

Ossaim do BabalOrixá Cley Sanile — Salvador (BA), 2021

Quem é Ossaim?

Ossaim é um Orixá que vive no coração da mata, longe das pessoas, fala pouco, pesquisa muito e não desperdiça nada. Senhor das folhas e das ervas sagradas, curativas e litúrgicas, é da sabedoria de Ossaim que a cura se esparrama, é dele a conversa encantada com as folhas para convencê-las a permitir que a cura se esparrame entre os que causam as próprias doenças.

"*Kò sí ewé kò sí òrìṣà*" significa "Sem folha não há Orixá" e, com essa frase, Ossaim nos lembra que, se não há natureza, não há nada. Ossaim sabe a palavra certa, a hora certa da planta certa para cada enfermidade do corpo ou da alma.

Ossaim se mistura entre a relva fresca e a sombra do Tempo. Ele se funde à mata, e ela vira Ossaim, numa troca simbiótica de confiança.

Ossaim, meu Pai, que folha cura a estupidez humana? Que rama deve ser macerada com óleos mágicos para curar a falta de empatia? E a crueldade, Pai, como se cura? Que banho de folha se faz para lavar a alma humana dos efeitos nocivos da ingratidão? E para a boca amarga que só faz maledicência, Pai? Tem qual casca aí?

Cultuado na quinta-feira, sua saudação é "*Ewé o asà o*!" e seu elemento é a terra.

olu de Beatriz Neves — Salvador (BA), 2023

Omolu de Tuany Jítolú abraçando Bàbá Marcelo de Xangô — Sertãozinho (SP), 2023

Omolu

Ọmọlú

O filho das palhas

Por uma fresta entre as faces da cortina, toda manhã um raio de sol insistentemente incidia sobre o rosto de Otávio. Independentemente do ângulo em que ele colocasse a cama, às 5h da manhã, o sol o despertava.

Ainda sonolento, foi tomar um banho rápido enquanto a água do café esquentava. A casinha simples, erguida pelas próprias mãos no fundo do terreno do tio abrigava sua tristeza e sua solidão desde que sua mãe morrera no início do ano.

Da caneca de ágata vermelha com café quente, subia uma fumacinha quase hipnótica que fazia desenhos fluidos em contraste com o sol cálido que entrava pela janela. Otávio, que era canhoto, molhava o pão no líquido quente e mal sentia seu gosto por conta dos pensamentos intrusivos, que mais uma vez o torturavam.

Enquanto escovava os dentes, levantou um pedacinho do tecido que cobria o espelho do banheiro e, mesmo tentando evitar, viu de relance a face cheia de feridas. Otávio em breve faria vinte anos, e não se lembrava de um só dia em sua vida em que, por conta das constantes erupções na pele, gostara de se ver no espelho.

Era filho de mãe solo, mulher bonita e guerreira que foi abandonada após engravidar. A finada mãe tinha sido sua única companhia ao longo dos anos, já que as feridas no corpo e no rosto o faziam ser excluído e ridicularizado pelas crianças e pelos adolescentes na escola.

Ao ouvir o tio gritar seu nome na casa da frente, enxugou as lágrimas, pegou o boné, trancou a porta e cumprimentou a esposa do tio que lhe estendia uma sacola de plástico com a marmita do almoço.

Hoje, ele e o tio começarão uma nova obra. Desde a morte da mãe, Otávio tinha abandonado a escola e começado no ofício de auxiliar de pedreiro, ajudando o tio para seu sustento.

Quando chegaram ao local onde trabalhariam pelos próximos dias, Otávio ficou apreensivo... Era uma casa de Candomblé.

— Meu tio, isso é uma casa de macumba! Deus é mais!

— Se você não está precisando de dinheiro, posso chamar o Tião — disse o tio, olhando para o menino criado pela mãe cristã, devota de São Lázaro.

Uma senhorinha retinta, vestida de branco com o sorriso mais doce que ele já tinha visto, veio lhes atender:

— Bom dia, ogã! Sua bênção?

— Bom dia, mãe! Ogum a abençoe! Sua bênção?

— Iemanjá o cubra de paz!

Surpreso, Otávio viu o tio sorrindo, beijando a mão da senhorinha e recebendo um beijo na mão também. Então, ela abriu os braços e abraçou o garoto.

— Bom dia, meu filho! Seja bem-vindo! Que nesta segunda-feira, Pai Obaluaê o cubra com suas palhas!

Otávio não estava acostumado a ser abraçado. Normalmente, as pessoas tinham nojo dele por conta das feridas em sua pele... e, de repente, aquela pequena mulher, que ele via como serva do mal, deu-lhe o abraço mais acolhedor que ele já tinha recebido, e isso lhe causou uma vontade quase incontrolável de chorar. Era um abraço de mãe!

Ìyá Jurema insistiu muito e os levou até a cozinha do terreiro para tomarem café. Era tudo muito simples, mas muito limpo e bonito; parecia que a paz caminhava por aquele lugar. Ele percebia o sorriso daquelas pessoas, as roupas muito brancas, o cheiro de incenso e ervas no ambiente, que tornavam tudo ainda mais belo.

Ao longo dos dias, o medo e o preconceito foram dando espaço para a surpresa. O tio contou a Otávio sobre Orixá de uma forma que ele nunca ouvira, ele pôde ver na rotina do terreiro uma simplicidade e uma normalidade jamais imaginadas. Seu José até ralhou por ele estar desatento, mas ele não conseguia parar de pensar: "Então, isso que é Candomblé?".

Até que, na segunda-feira seguinte, Otávio ouviu os atabaques tocando de forma ritmada e começou a sentir algo estranho... um tremor incontrolável, as pernas lhe faltaram e, de repente, caiu no chão e seu corpo começou a rolar na direção do barracão, sem que ele conseguisse controlá-lo, até parar nos pés de Mãe Jurema. A última coisa que Otávio viu foi uma chuva de pipoca caindo sobre ele e o barracão gritando em uníssono:

— Atotô![1]

Otávio despertou do que parecia ser um sono longo e pesado; estava em um quarto pequeno deitado sobre uma esteira. Uma das moças do terreiro viu que ele havia despertado e chamou Ogã José e Mãe Jurema.

Ele contou que tinha sonhado com a mãe, que ela estava vestida de roxo, com as mãos juntas e os dedos entrelaçados ao lado do corpo, e que ela lhe disse que agora poderia seguir em paz.

Chorando emocionado, Seu José contou que a irmã era iaô[2] de Nanã e que havia abandonado tudo para viver uma paixão doentia pelo pai de Otávio, que, na época, exigiu que ela saísse da "macumba".

O garoto descobria as verdadeiras raízes. Os dois mais velhos explicaram que, quando a ialorixá tocou "adarrum", um ritmo sagrado de fundamento ancestral para colocar o novo barco de iaôs para o roncó, Obaluaê, o senhor do Orí de Otávio, tomou-o e o fez bolar. O "bolonã", como é chamado esse momento de bolar, é um misterioso ato do Orixá, que transborda a consciência do abiã, da pessoa não iniciada, e paralisa seu corpo, lançando-o ao chão, algumas vezes fazendo-o girar sobre o próprio eixo e se "embolar" no chão, em um sincero

1 Aportuguesamento da interjeição iorubá "atótóo!" de acordo com o *Dicionário yorubá-português*, de José Beniste (Bertrand Brasil, 2019), que dizer "silêncio!". Saudação ao Orixá Obaluaê. [NE]

2 Trata-se de uma adaptação litúrgica do termo iorubá "ìyàwó", que significa "esposa". No contexto do Candomblé, é usada para todos os gêneros e denomina o iniciado ou a iniciada para Orixá, no sentido daquele que contraiu casamento com a divindade. [NE]

convite para se iniciar ao Mistério. Contaram também que, quando tentaram acordar Otávio, Obaluaê disse que ele precisava ser iniciado, porque estava com o pensamento fixo em Ikú.

Otávio chorou copiosamente, o corpo do rapaz tremia muito, pois ele nunca tinha comentado sobre os pensamentos suicidas com ninguém! A *ìyá* perguntou se ele aceitaria se iniciar na casa dela naquele barco que ia entrar. Quando ele, chorando, disse que sim, imediatamente Iemanjá pegou o Orí de Mãe Jurema, tomando-o nos braços e acalentando seu sofrimento. Ao som de seu ilá[3] choroso de água, consolando uma vida inteira de dor e solidão, o Senhor da Terra, Obaluaê, passou novamente no Orí do menino e veio para abraçar sua mãe e integrar seu filho como dofono em um barco com Oxumarê e Ewá.

Foram 21 dias de tratamento intenso, ensinando ao Orí de Otávio que viver valia a pena! Foram muitos banhos, muitos ebós, muitas rezas, muita comida sacralizada para restaurar o corpo e a mente dele. O cabelo do rapaz foi raspado, como quem expurga toda a maldição incrustada na alma. Na cerimônia de apresentação dos novos iniciados, seu corpo foi pintado com as pintinhas da galinha-d'angola; a pena vermelha do pássaro sagrado foi colocada em sua testa; e, na hora do orukó, Obaluaê pulou alto e gritou forte seu nome ancestral aos quatro cantos do barracão de Iemanjá!

Em seu roncó, quarto sagrado onde os noviços ficam durante todo o ritual iniciático, no dia seguinte, entre tecidos brancos, contas coloridas e um sentimento de paz jamais sentido antes, Otávio acordou sereno da manifestação do Orixá. Ficou

3 Como é chamado o grito de guerra ou o som ancestral do Orixá. [NE]

um tempo com os pensamentos se confundindo com a fumacinha do chá de erva cidreira que exalava o perfume da dilonga.[4] Por mais que vasculhasse em si, não havia mais nem uma gota da angústia tão corriqueira nem o constante sentimento de inadequação que ia aonde quer que ele estivesse.

Seu tio deu uma batidinha na porta e entrou no roncó. Otávio colocou a dilonga de lado e abaixou-se para tomar-lhe a bênção, agora não apenas como tio, mas como pai pequeno. Porém, algo surpreendente aconteceu: ao olhar a própria mão ao bater paó, não viu as velhas feridas! Olhou para as pernas, passou a mão pelo rosto e chorou ao sentir a pele macia e lisa. Todas as feridas haviam sumido!

Abraçado ao tio, chorou de alegria pela cura recebida e fez todos à sua volta chorarem também. Benditas sejam as bênçãos concedidas a quem renasce para o Sagrado! bendito seja Obaluaê em todo o seu mistério que acolhe e protege!

Atotô!

4 Caneca de ágata branca usada nos terreiros. [Todas as notas não assinadas são do autor]

NSumbo de Igor Kamburamatona — Salvador (BA), 2023

Ajunsun do BabalOrixá Gilson Xaorô — Vera Cruz (BA), 2023

Quem é Omolu?

Orixá austero e severo, ligado à terra e ao fogo no interior da Terra, tem o poder colossal de trazer e de afastar doenças, Ele não traz efetivamente a cura, ela se dá pelo deslocamento da doença para fora de seu ará (corpo) ou Orí (mente). As pessoas antigas acreditavam que devemos pedir a Omolu que afaste a doença e a Ossaim que providencie a cura do estrago que a doença causou.

Em solo africano, Omolu, Obaluaê, Xapanã e Ajunsun são nomes diferentes para a mesma divindade, mudando conforme a região, não fazendo acepção de mais novo ou mais velho. E o mais interessante: não usam as vestimentas características do Orixá aqui no Brasil, que é um comprido manto feito de palha da costa.

Dentro da filosofia iorubá, a visão sobre prosperidade é muito mais ampla e inclui, por exemplo, a saúde. Ser saudável é ser próspero!

Alguns acreditam que Ele se esconde atrás do manto de franjas de palhas da costa para que suas feridas não sejam visíveis, mas, na verdade, é para que sua beleza, tão radiante quanto o brilho do sol, não nos cegue. Além da palha da costa, outro símbolo de Omolu é a pipoca, também conhecida como a "flor do Velho".

Cultuado na segunda-feira, sua saudação é "Atotô!" (Silêncio! O Rei está entre nós!) e seu elemento é a terra.

èsén do Ẹ̀gbọ́n Álisson Dangógerè — Salvador (BA), 2021

O MUNDO NÃO PARA PORQUE OXUMARÊ NÃO DEIXA!

Oxumarê de Marcos Giboidan — Salvador (BA), 2024

Oxumarê

Ọ̀ṣùmàrè

Oxumarê nunca a esqueceu

Vera era uma jovem de dezessete anos. Ela não tinha conhecido o pai e a mãe era uma cristã excessivamente rígida, beirando o desequilíbrio em relação à cobrança pela obediência aos dogmas, pois tinha medo de que a adolescente se perdesse, como ela própria julgava ter se perdido.

Acontece que Vera era médium vidente e, na igreja, davam a isso o nome de "revelação". A mãe se orgulhava, achava que a força das mensagens que chegavam através da filha se dava porque ela era pura. Com isso, a mantinha ainda mais reclusa em casa.

A mãe levava e buscava a filha na escola. Não a deixava participar de nada, sequer ia à igreja se ela não estivesse junto. Vera não tinha amigos, não comemorava aniversário, não tinha redes sociais nem coragem de contar para a mãe tudo o que ela via e ouvia da espiritualidade

— aliás, ela vivia atormentada porque achava que o capiroto a estava assediando.

Quando a mãe morreu, Vera murchou. Tudo aquilo era muito opressor, mas ela não conhecia outra realidade e percebeu que não sabia fazer absolutamente nada. Além da mãe, ela não tinha qualquer outro vínculo de afeto, pois a mãe se afastou da família inteira por vergonha da gestação que teve de enfrentar sozinha e depois porque ninguém era da mesma igreja que ela.

Ana, a irmã caçula da mãe, que ela tinha visto no máximo três vezes na vida, porque a mãe cortou relações com ela quando se converteu, foi quem resolveu todas as questões do enterro e convidou a jovem para ficar em sua casa até que ela resolvesse o que iria fazer e que rumo daria para a vida.

Com a chegada de Vera, Ana logo percebeu como os excessos da irmã tinham estragado o estado emocional da própria filha. O óbvio aconteceu: Vera mergulhou fundo na depressão e suas visões ficaram ainda mais perturbadoras. Ela se sentia deslocada de tudo e de todos, e o pensamento de acabar com aquele tormento que era sua vida não tardou a chegar.

Até que, uma noite, Vera acordou de madrugada e não conseguia dormir; os espíritos obsessores gritavam com ela e se apresentavam putrefatos — uma visão horrível. Ela entrou em desespero e saiu correndo da casa da tia só com o vestido branco que estava usando, descalça, sem dinheiro, sem documentos, só queria fugir dos obsessores, até que chegou a um viaduto bem alto de sua cidade e os obsessores mandavam que ela terminasse com tudo.

Obsessores são espíritos de pessoas que morreram e que, por algum motivo, não seguiram de volta para o plano espiritual, fonte de toda vida, e acabaram ficando em uma dimensão paralela, entre os mundos, perdidos, vagando, sofrendo e se conectando a pessoas encarnadas por semelhança de pensamentos e sentimentos, como forma de "continuarem a viver", pois usufruem das sensações geradas por esses corpos ainda vivos, gerando uma simbiose, influenciando a vontade da pessoa obsediada, sugando sua energia vital para se sentirem um pouco mais vivos mesmo sem pertencer mais a este plano material.

Por influência dos espíritos, Vera começou a se aproximar do parapeito do viaduto. Quando tentou subir, ela tocou em uma cobra, deu um grito e se afastou, assustada. Ao olhar novamente, viu várias cobras de várias cores e tamanhos. Essas cobras iam para cima dos obsessores, fazendo com que eles sumissem. Como era incapaz de distinguir se eram verdadeiras ou espirituais, saiu correndo para o meio do viaduto. Foi quando ouviu uma freada seca e estridente do carro que parou bruscamente a centímetros dela; e Vera desmaiou.

Acordou na manhã seguinte em um quarto pequeno, simples, cheirando a alfazema. Deitada sobre uma esteira no chão, via uma moça vestida de branco enfiando miçangas em um fio de náilon. Quando a moça percebeu que ela tinha acordado, deu-lhe um sorriso acolhedor e foi chamar Mãe Maria. A senhora de pele muito preta e rosto redondo também entrou sorrindo, acompanhada do filho João, seu ogã, um rapaz forte de olhos marcantes. Ambos estavam no carro que quase atropelou Vera na noite anterior.

Mãe Maria pediu que a iaô fosse buscar algo para a moça comer, e ela e o ogã se sentaram em frente à esteira de Vera, que logo perguntou quem eles eram e onde ela estava.

Mãe Maria se apresentou e apresentou o ogã, explicou que ela estava em um terreiro de Candomblé e que, na noite anterior, Nanã, sua Orixá, a havia acordado e pedido que ela saísse com o carro. Quando ela saiu do quarto para chamar o filho, ele já estava pronto, com a chave do carro nas mãos, pois Omolu, Orixá dele, também o havia acordado; e saíram de carro sem saber para onde seguir nem para quê.

Contou que eles foram sendo guiados pelos Orixás, até que de repente Nanã apertou o Orí de Mãe Maria, ela gritou para o ogã: "PARE!", e ele pisou no freio bruscamente. Aí, do nada, ela tinha surgido transtornada na frente do carro. Contudo, como havia desmaiado e estava sem documentação, pensaram em levá-la a um hospital, mas Nanã pediu que a trouxessem para o terreiro.

A moça só fazia chorar, a cabeça sempre baixa, em um silêncio dolorido.

Mãe Maria não resistiu e a abraçou.

— Qual é o seu nome, minha filha? Você consegue nos encaminhar até onde mora? Sua família deve estar preocupada. Você quer ligar para alguém para avisar que está bem?

— Eu não sei o celular da minha tia de cabeça — respondeu com lágrimas caindo aos pares.

Então, foram levá-la; era um bairro próximo. Vera chamou a tia no portão e a mulher veio chorando. Abraçou a sobrinha carinhosamente e agradeceu àqueles estranhos que a acompanhavam, convidando-os para entrar.

Em meio à conversa, a tia explicou que a moça tinha perdido a mãe havia três semanas e, aparentemente, estava com depressão. Revelou que a irmã fora iniciada no Candomblé, mas abandonou tudo e se converteu quando o marido a traiu; contou que a irmã era de Nanã e Vera de Oxumarê, que ambas se iniciaram quando a Vera tinha um aninho, porque vivia doente.

Vera olhou atônita para a tia, porque, obviamente, a mãe nunca lhe contara isso. Perguntou quem era Oxumarê. Ana olhou para Mãe Maria, que tomou a palavra e respondeu:

— Vera, ele é filho de Nanã, da minha Orixá e da sua mãe. Orixás são divindades africanas que nós cultuamos aqui no Brasil. Oxumarê é o grande feiticeiro de Daomé, aquele que conhece os segredos de Ifá, os búzios, e ajuda quem busca sua sabedoria. É o Orixá da transformação e da continuidade; é Ele que não deixa o mundo ruir, que não deixa o tempo parar, que faz a primavera suceder o inverno interminavelmente. Ele se transforma em arco-íris e em serpente.

Vera levantou-se do sofá com os olhos arregalados e contou das cobras no viaduto que não a deixaram fazer o que os obsessores a estavam induzindo. Começou a falar:

— Então, Oxumarê me salvou mais uma vez, mesmo eu não sabendo nem entendendo nada disso! Porque, se Nanã é mãe dele, e Ela acordou a senhora para sair de madrugada para fazer esse socorro e os levou até onde eu estava, Ele não só evitou que eu pulasse, como providenciou que vocês me tirassem de lá em segurança. Como faço para agradecer?

Nesse momento, Nanã passou no Orí de Mãe Maria. Vera, mesmo sem entender nada nem se lembrar de ter visto a manifestação de um Orixá, sentiu e viu a grandiosidade daquela rainha africana manifestada no corpo daquela pequena senhora e despencou a chorar.

Nanã se aproximou e abraçou a moça, até que Oxumarê fez o corpo de Vera se arrepiar, tremer e, pela primeira vez, tomou seu Orí. Os deuses ficaram ali abraçados, mãe e filho, em um lindo e emocionante reencontro ancestral.

O reencontro com Oxumarê mexeu muito positivamente com o Orí de Vera. Ela passou a frequentar a roça de Nanã e, após seis meses, começou a se preparar para a obrigação de um ano. Após essa renovação de votos, que já estava atrasada havia dezessete anos, Vera se curou efetivamente da depressão. Ela concluiu os estudos, começou a trabalhar como terapeuta holística e agora está se preparando para entrar na faculdade no próximo período.

O reencontro com a ancestralidade lhe revelou seu propósito de vida. Seu encontro com Oxumarê, o Senhor da Transformação, fez com que tudo fizesse sentido, porque nada pode esconder para sempre o que existe para ser alicerce de uma vida em plenitude.

Às vezes, nossa vida parece desconectada, justamente porque não é a nossa vida de fato, e sim uma jornada a que fomos sendo empurrados. Quando a gente encontra o nosso verdadeiro caminho, tudo parece se alinhar harmonicamente para a paz e a realização.

Se tudo está dando errado o tempo todo, provavelmente, estamos no caminho errado. Não tem como chegar à realização da sua missão no Aiyê indo por um caminho que não nos levará até lá. Caso isso esteja acontecendo, reze seu Orí diariamente, faça um jogo de búzios de confiança, faça um mapa astrológico de confiança, faça terapia com alguém que também seja de terreiro e recomece a caminhada. Não há paz e realização longe do propósito.

Oxumarê do Babalorixá Dánvulayó — Salvador (BA), 2023

Gbèsén de Bàbá Dansilé — Salvador (BA), 2023

Quem é Oxumarê?

Uma das imagens que representam Oxumarê é a cobra que envolve o globo terrestre e morde a própria cauda, não permitindo que os continentes despenquem do firmamento, como se fosse um aro do qual a circularidade se faz continuidade: dias e noites; meses do ano; fases da lua; dança das marés; quatro estações... a infância e a maturidade. O mundo não para e a vida também não, porque Oxumarê não deixa!

Oxumarê é Oboró (Orixá masculino), Ele não vive seis meses como homem e seis meses como mulher. A ambiguidade das forças que ele movimenta, inclusive o masculino e o feminino, não o tornam uma Iabá (Orixá feminino).

É Ele quem faz o ciclo das chuvas: evaporação, condensação e precipitação. Depois de a chuva cair, Ele atravessa o céu com seu corpo longo e colorido em forma de arco-íris, e a esperança se renova.

Senhor da Transformação, Oxumarê renova a fé de quem se esqueceu de sonhar.

Cultuado na terça-feira, sua saudação é "*Aho gbogbo yí*!" (Salve o Senhor dos Ciclos! Salve todo o mundo!) e seu elemento é a água.

o de Filipe Rosário — Salvador (BA), 2024

IROCO, BENDITA PONTE ENTRE OS MUNDOS.

Árvore com ojá na cidade de Cachoeira (BA), 2014

Iroco

Ìrókò

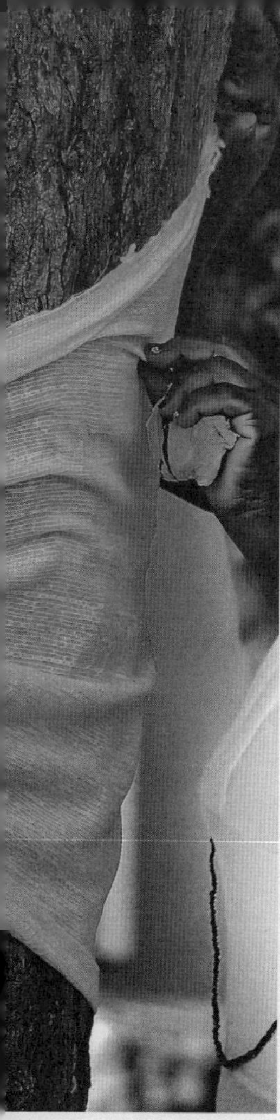

Orixá-árvore, árvore-Orixá

Com a desculpa de atender o celular, Kamau desceu até o quintal da avó e foi para trás da velha gameleira que, de tão imensa, escondia-o dos olhares da família, que estava conversando animadamente na cozinha.

Quando percebeu que ninguém o seguia, sacou seu vape e o inalou com uma ansiedade feroz. Estava cada vez mais difícil controlar seu vício no cigarro eletrônico. Toda a campanha na mídia contra ele fizera com que os pais proibissem Kamau de usá-lo e, por mais que fosse difícil admitir, o jovem já não conseguia ficar sem.

E ali, na sombra da gameleira branca, sentado em um abaulado da raiz que parecia um ninho, começou a relaxar entre uma baforada e outra, com a mente distante. Olhando lá no alto as folhas recortadas no céu azul da Bahia, o pensamento então foi longe, aos tempos de menino; lembrou-se dos grandes sonhos que tinha para sua vida, sonhos que por tantas vezes foram proferidos nessas mesmas raízes, e de repente se entristeceu, porque não havia conseguido concretizar nenhum deles... pelo contrário, sua vida estava meio caótica.

Reconheceu que, desde que saiu do interior para estudar na capital, vinha fazendo escolhas bem duvidosas, de cuja maioria se envergonhava. De repente, sua mente mudou de assunto e se pegou pensando em como era incitado ao autoquestionamento sempre que estava aos pés dessa gameleira, a ponto de chegar a ser incômodo!

Desde criança era assim, bastava chegar ali no quintal da avó, que lhe batia uma crise de consciência — óbvio que nos tempos de menino as culpas eram bem mais simples e inocentes, como as trapaças no jogo de gude ou as figurinhas de jogadores afanadas dos desatentos.

Filho de família humilde, mas consciente de que só o estudo é capaz de transformar a realidade, seus pais trabalhavam duro para sustentar o filho único na Universidade Federal, mas Kamau havia se deslumbrado com a liberdade, com as festas e os vícios. O problema é que, sem falar para os pais, ele conseguiu uma vaga no dormitório estudantil e desviava o dinheiro suado deles para bancar suas noitadas regadas a substâncias lícitas e ilícitas, e isso impactava diretamente seu rendimento acadêmico. O sentimento era de frustração, constrangimento e arrependimento, embora não tivesse forças para mudar.

Percebeu alguém chegando. Era a avó, que veio pegar limões no pé carregado que ficava a alguns metros da gameleira... Ele guardou rapidamente o vape, colocou uma bala na boca e pegou o celular.

— Está lembrando dos tempos de criança e as brincadeiras com seus primos aqui embaixo de Iroco, meu filho?

— Pois é, vó! Como o tempo passa rápido e atropela a gente, não é? Saudade desse tempo em que meu maior dilema era arranjar uma desculpa para justificar à professora o motivo de não ter feito a lição de casa...

— O segredo é não tentar segurar o tempo, e sim fluir com ele, filho. Não oponha resistência, você sempre vai perder! Tempo é um Inquice, uma divindade arteira que viu todo mundo chegar e verá todo mundo partir; não há nada tão profundo e infalível quanto o Tempo. O plantio é livre, mas a colheita é inevitável.

As palavras de Vó Adelaide ficaram reverberando em sua mente, pareciam uma indireta. Será que essas divindades em que ela acreditava o haviam "dedurado"? A ansiedade deflagrou a tão conhecida tosse persistente que insistia em lhe acompanhar nos últimos meses.

— Meu filho, você já foi ver o que é essa tosse? Desde que chegou, tenho percebido você incomodado com isso, tá tão magrinho, ofegante, se cansa fácil...

— É resto de uma gripe, vovó, não se preocupe.

— Meu amor, apesar dos meus 85 anos, minha memória é excelente... já passa de três meses essa tosse, desde o São João! Não há resto de gripe que persista assim.

— Nossa... já tem tudo isso de tempo? — disse ele sem graça, gaguejando.

De repente, se ouviu a voz aguda e engraçada de Tia Maria, mulher baixinha de sorriso fácil. Ela chamou Vó Adelaide até a cozinha para ver o ponto do doce de figo. A avó o convidou a subir com ela, mas ele quis ficar ali mais um pouco com seus pensamentos torturantes; o sentimento de culpa estava distanciando Kamau das pessoas mais importantes para ele.

Ele se encolheu em posição fetal no abaulado das raízes. Não conseguia nem pensar como seria se sua avó descobrisse todas as suas más escolhas... colocou o vape na boca e deu mais uma aspirada, mas de repente se sentiu tomado por um torpor; as pálpebras pesadas teimavam em se fechar. Começou a perceber uma luz intensa vindo do meio do caule da gameleira que aos poucos se tornou uma espécie de portal.

Kamau não sabia se estava dormindo e sonhando ou se aquilo era uma falha na *matrix*, mas ele, em posição fetal nas raízes de Iroco, segurando em uma das mãos o cigarro eletrônico, percebeu-se em estado de paralisia física, sem conseguir expelir a fumaça. Ao usar sua visão periférica, percebeu um homem imenso sentado em um trono esculpido no próprio tronco daquela árvore gigantesca.

O homem desencostou do trono e reclinou seu corpo para a frente, apoiando os cotovelos próximos dos joelhos, olhando intensamente para baixo. Os *dreads* longos, entremeados por sementes e folhas, quase chegavam a tocar o rosto de Kamau que continuava imobilizado. Então, uma voz que parecia o próprio planeta falando o fez arrepiar:

— Acalma sua mente, garoto, o único a fazer mal a você aqui é você mesmo. Perceba o quanto de veneno há em seu corpo... perceba que, assim como sua boca está cheia de fumaça, seus pulmões também estão, seu sangue está carregando moléculas densas por suas veias que seguem intoxicando tudo em cadeia, seus alvéolos já não estão suportando, você está se suicidando pouco a pouco e, se não procurar um médico ainda hoje, não garanto se amanhã haverá algo a ser feito... Então, saia daqui e pare de fugir!

Kamau tremia incontrolavelmente! Estava em apneia, a fumaça presa na boca. Via luzes vermelhas piscando em várias partes dentro do seu corpo. A voz do Aiyê saía reverberante de dentro da boca daquele homem-árvore que, ao terminar de falar, levantou o braço, e a sensação de Kamau era a de que um galho imenso ia cair sobre ele. Fez tanta força para sair da paralisia, que conseguiu girar o corpo para fora do ninho de raízes e, tentando se apoiar, sua mão fez pressão sobre a parte plástica do inalador do vape, que se rompeu e entrou afiada feito lâmina na lateral externa da sua palma direita, o que fez com que ele emitisse um grito de dor...

Tia Maria, que estava ao lado da gameleira colhendo capim-limão para um chá, ao olhar e ver o sangue jorrando aos montes da mão dele, começou a gritar desesperadamente com sua voz estridente e desmaiou. Dali em diante, até Kamau chegar ao pronto-socorro com um ojá (pano de cabeça) da avó enrolado na mão e empapuçado de sangue, foi um caos generalizado!

O pai e a mãe estavam preocupados com o ferimento e bravos por Kamau tê-los desobedecido e voltado a fumar o vape. Ralhando com ele quando ouviram seu nome na caixa de som do ambiente, seguido pelo número doze, número do consultório a que deveria se dirigir.

Kamau, de cabeça baixa, sentou-se na cadeira em frente à mesa do médico, quase encolhido de dor e vergonha. Ao levantar os olhos em direção ao médico para responder sobre o que havia acontecido, deu um pulo da cadeira com o susto que levou ao ver o rosto do homem-árvore de *dread* materializado bem na sua frente, de jaleco branco.

— Kamau, o que está acontecendo com você, meu filho? — perguntou a mãe, envergonhada pelo arroubo do filho. — Doutor, ele caiu por cima do vape que partiu a parte plástica e cortou a mão dele. Nós já o proibimos de usar esse troço; vimos na TV que é péssimo para a saúde dos adolescentes, mas ele mora sozinho para fazer universidade na capital, e não tem muito como a gente controlar.

— É, rapazinho, o vape é um veneno silencioso que pode causar sequelas bem incômodas aos que ele deixa vivos. Quantos anos você tem?

Kamau estava paralisado ainda, olhando para ele atônito, não conseguia emitir uma palavra sequer...

— Responde, Kamau! Doutor, ele tem 22 anos.

— Nossa, seu marido e a senhora têm estrutura grande, forte; ele, apesar de alto, é tão magro...

— Até seis meses atrás, ele não era assim não, doutor! Era forte como o pai, sempre gostou de fazer esportes, tinha orgulho de ser "parrudo", mas desde o São João começou a emagrecer, perdeu quase todas as roupas. Essa tosse persistente para a qual já fizemos vários xaropes caseiros e que não passa parece pigarro de fumante...

O médico olhou para o garoto, que novamente estava de cabeça baixa sem conseguir encará-lo, e disse:

— Kamau, você se sente muito cansado? Tem falta de ar quando faz algum esforço maior? — Com as afirmativas do rapaz, o médico deu a volta na mesa, foi até ele, colocou o estetoscópio, auscultou seus pulmões e percebeu a respiração com chiado evidente. — Mãe, nós vamos cuidar primeiro desse ferimento na mão dele, mas estou encaminhando Kamau para fazermos uma radiografia de tórax e vermos como está o pulmão dele. Eu realmente estou preocupado, até porque ele está com febre. Faz quanto tempo que essa alteração de temperatura começou, Kamau?

— Uns quinze dias — disse ele com voz fraca e titubeante.

A mãe olhou para ele assustada.

— E você não foi ao médico para verificar? Existe alguém na família que teve algum problema de pulmão? Algum fumante de longa data?

— Doutor, meu pai teve câncer de pulmão e traqueia, depois de quarenta anos fumando — disse seu João, pai de Kamal. — Quando isso aconteceu, parei de fumar na hora, porque já fumava muito naquele período, mas ao ver meu pai definhar, eu parei.

Kamau arregalou os olhos e começou a tremer, a boca seca e uma vontade insana de fumar! Não era possível que houvesse algo de errado com seus pulmões, devia ser só alergia, ele nem fumava há tanto tempo assim.

Infelizmente, a desconfiança do doutor Marcos se confirmou: tudo levava a crer que era um enfisema pulmonar, e a febre podia apontar o começo de uma pneumonia. Resolveu interná-lo para observação e tratamento imediato. Ele também requisitou uma tomografia computadorizada, espirometria e encaminhou o paciente para um pneumologista especializado.

Pela manhã, no horário da visita, Vó Adelaide chegou com uma sacola bem grande cheia de saquinhos dentro, com vários elementos. A ebome de Ossaim, com 72 de iniciada, e a única neta que seguiu a religião dos Orixás, a equede Janaína de Iemanjá, vieram passar um ebó no menino teimoso, a pedido de Iroco.

Kamau só sabia pensar que nada poderia ser mais constrangedor do que estar internado e aquelas duas mulheres com roupa de "macumbeiras" passando frutas, legumes e bolos de farinha nele... Com que cara olharia para o corpo de enfermagem depois que elas fossem embora?

Porém, para sua surpresa, duas horas depois do ebó, a febre que persistia há quinze dias simplesmente cessou, e Kamau sentiu uma fome que não sentia há meses! Sua melhora surpreendente ocasionou sua alta na manhã seguinte. Saiu do hospital com a solicitação dos exames e o encaminhamento para o especialista.

Kamau, envergonhado pelo pensamento preconceituoso sobre o ebó, foi até a casa da avó para lhe agradecer e pedir perdão. Foi entrando e chamando pela avó enquanto o pai estacionava o carro. Como ninguém respondia dentro da casa, começou a se direcionar para o quintal e, lá da varanda, viu a "avó" colocando uma oferenda aos pés da gameleira. Junto a ela estava a prima Janaína sacudindo um sino, dois homens com alguns galos nas mãos e duas outras mulheres, uma bem jovem e outra já mais madura. Eles cantavam algo que tocou profundamente o coração de Kamau, que, como se estivesse hipnotizado, foi descendo até a grande árvore.

Quando chegou bem perto, em silêncio, sem ainda ter sido percebido pelos demais, a "avó" virou-se para ele com os olhos "brancos", indicando transe: era Ossaim! A divindade abriu os braços, e a prima o estimulou a ir até lá e se deixar abraçar.

Titubeante, Kamau foi se aproximando e ficou sem saber o que fazer. O Orixá abriu os braços do jovem e começou a passar as folhas que tinha nas mãos pelo corpo dele, como se fossem vassouras a varrer para longe o mal que havia se hospedado. No final, Ossaim, o Orixá das folhas sagradas, abraçou-o muito apertado e emitiu seu ilá ancestral ao pé de seu ouvido... Kamau sentiu seu corpo enrijecer e tudo parecia se dar em câmera lenta. Ossaim a princípio o segurou, depois foi escoltando seu corpo até o chão, de forma que não se machucasse. Assim que tocou o chão de terra, Kamau sentiu-se embolar sobre seu próprio eixo, rolando até os pés da gameleira centenária e a última coisa que ele ouviu foi um coro de vozes a gritar:

— Eró!

Bem mais tarde, sem a noção exata do tempo, Kamau despertou no quarto da avó em uma esteira no chão. Com o corpo dolorido, ainda sujo de terra, ao longe ouvia várias vozes na cozinha e sentia o cheiro de café fresco e do pão recém-assado, tão característico da casa de Vó Adelaide.

Tentou puxar pela memória e lembrou que "havia desmaiado" nos braços do Orixá da avó. Com a ansiedade e tudo bem confuso ainda, começou a tossir, o que chamou a atenção de todos. A prima foi até ele carregando um recipiente com um banho de folhas quentinho e bem cheiroso, mostrou sobre a cama da avó um conjunto de calça e blusa brancos, pediu que ele tomasse banho de higiene, depois o de folhas, vestisse a roupa branca e fosse até eles quando terminasse. Sem questionar, curioso para entender o que tinha acontecido, assim ele fez.

Chegou cabisbaixo à cozinha ampla e arejada da avó, e recebeu dela um abraço bem apertado. Ele se sentou ao lado dela

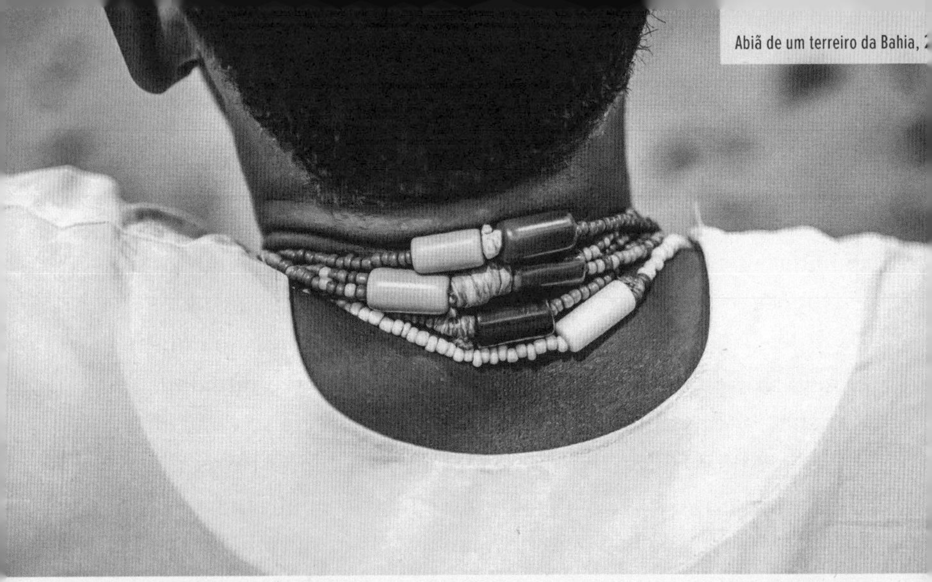

Abiã de um terreiro da Bahia,

em um banquinho baixo e começou a ouvir que a outra senhora ali presente era a ialorixá herdeira do terreiro onde Vó Adelaide fora feita, já os rapazes são ogãs da casa e foram até lá para sacralizar alimentos para Iroco, Orixá que rege o Orí de Kamau, e todos pediam por sua recuperação.

Explicaram que, quando ele chegou, Ossaim tinha acabado de passar no Orí de Vó Adelaide, e eles nem entenderam o porquê, até vê-lo se aproximar. Quanto ao momento em que ele apagou, disseram que não foi um desmaio, e sim um fenômeno chamado bolonã, em que o Orixá dele o toma e mostra, a partir da falta de controle do seu corpo, que ele deseja que o filho seja iniciado, e que Iroco disse que, quando ele machucou a mão, também havia bolado, por isso não conseguia se mexer.

Mãe Zuleide, ialorixá da casa de Vó Adelaide, explicou que Iroco avisou que ele havia extrapolado os limites de intoxicação do corpo e da mente, que, se ele quisesse sobreviver, teria de mudar completamente os hábitos e que precisaria, além dos cuidados dos médicos, também de um tratamento espiritual longo e sério, que não dependia de feitura. Esse seria um passo que ele teria total liberdade para escolher no momento certo, mas seria preciso levar a sério os resguardos e as ações necessárias, a começar por abrir mão de sua realidade atual na capital e voltar para o interior para se cuidar, e, sim, isso incluía trancar a universidade e só voltar quando restaurasse sua saúde integral.

Mesmo com medo, cheio de dúvidas e das dores causadas pela abstinência, Kamau viu naquela situação a única possível para recomeçar sua história de maneira digna. Aproveitou para pedir perdão à família e contar absolutamente tudo o que estava acontecendo nos últimos dois anos. Doeu-lhe o olhar de decepção do pai, que sempre falava com tanto orgulho dele, mas todos perceberam que poderiam tê-lo perdido e entenderam que precisariam se unir mais do que nunca e ensinar o Orí de Kamau sobre autocuidado.

— Meu filho, quando eu escolhi seu nome, "Kamau", que significa "guerreiro silencioso" na língua kikuyu do Quênia, foi justamente porque o jogo de búzios alertou que chegaria um momento em que você travaria uma intensa batalha consigo mesmo. Eu tenho a certeza de que você vencerá essa guerra contra os vícios e eu, sua mãe e sua família estaremos aqui para não te deixar desistir. Nós amamos você!

— Oh, pai, me perdoa por tudo, pela decepção que o senhor e a mãe estão sentindo agora, mas tenha a certeza de que já tem algum tempo que isso vem me torturando. Só de pensar em ver essa dor em seus olhos, isso me afligia demais, mas eu não conseguia romper com aquilo tudo, me sinto um fraco, covarde por ser manipulado por essas substâncias, e hoje eu entendo que não consigo sair disso sozinho. Estou com muita vergonha de vocês que sempre me amaram e confiaram em mim, e espero um dia mostrar o quanto me arrependo.

Chorando, ele abraçou o pai e um a um da família foi se encaixando naquele abraço que se tornou coletivo. Hoje, dois anos depois, Kamau está bem de saúde e os médicos não conseguem entender como os pulmões dele estão sadios. Ele continua com acompanhamento psicológico, está fazendo faculdade EAD e se prepara para sua iniciação — tudo sem pressa, mas conectado à generosa oportunidade que Iroco lhe deu.

Ẹ̀rọ̀,[1] Iroco! Que Kamau aproveite essa nova chance para se estruturar e cumprir sua missão aqui no Aiyê!

1 Segundo o *Dicionário yorubá-português*, de José Beniste (Bertrand Brasil, 2019), "ẹ̀rọ̀" que dizer "antídoto, calma, paliativo, maciez". [NE]

Iroko de Filipe Rosário — Salvador (BA), 2024

Quem é Iroco?

Iroco representa o tempo que tudo vê passar. É o guardião da ancestralidade e dos antepassados, um Orixá mimetizado aqui no Brasil pela gameleira branca, uma longeva árvore sagrada. É na resistência de cada pé de Iroco que mora a magia, o encanto e o mistério, pois na filosofia iorubá acredita-se que os Orixás usam essa árvore imensa como uma ponte onde o Sagrado transita entre os mundos: o Orum e o Aiyê.

Diante das intempéries da vida, dos vendavais devastadores do Aiyê, são as raízes profundas de Iroco que nos fazem resistir, desfolhar, mas voltar a florir. A estabilidade e a força de Iroco, adornado com um ojá *funfun*,[2] relembra-nos sempre de que a continuidade é uma sina ou uma bênção, que depende das escolhas que fazemos para vida.

Cultuado na terça-feira, sua saudação é "Eró, Iroco!" (Calma, Iroco!) e seu elemento é a terra.

2 Branco. [NE]

...gô de Vinícius Kafujile — Salvador (BA), 2024

Xangô de Jefferson Obakorosidan — Salvador (BA), 2022

Xangô

Ṣàngó

Quando Xangô não ouviu

Naquela quarta-feira, ao arriar um suculento amalá aos pés de Xangô, Douglas bateu um paó apressado e rogou:

— Meu Pai Xangô, sei que o senhor não vai me falhar nessa hora... quero o que é meu por direito! Essa promoção é minha! Rogo por sua justiça, Painho!

Tocou o chão da casa do Obá com a ponta dos dedos e depois a testa, já saindo porta a fora. Foi até a *ìyá* para tomar a bênção e lhe dar um abraço. Com sua grande estatura e corpo musculoso, agarrou a pequena mulher pela cintura e a girou no ar entre risos, o que fez com que ela, de forma divertida, desse uns tapinhas no braço largo dele.

Enquanto ele se encaminhava para o carro, *Ìyá* Nita foi à casa de Xangô para fechar a porta e só teve tempo de gritar para ele:

— Dofono, você não acendeu uma vela para seu pai?!

Já ligando o carro, da janela ele respondeu:

— Ô, mainha, tô corrido... acenda para mim, por favor! — E saiu em disparada para um compromisso.

Ao chegar à quadra, ainda com roupa de ração e a conta grossa atravessada no peito, foi recebido em festa pelos amigos. O jogo foi a favor do time dele. Pelo jeito, Xangô havia gostado do agrado!

A vitória foi regada a muita cerveja e trocas de olhares com uma linda jovem que viera com a namorada de um dos amigos. Encantado com a morena de corpo escultural e roupas provocantes, não demorou e Douglas saiu de lá com a moça no carro.

Após a longa noite de diversão, bebida e paixão, acordar cedo para trabalhar foi um suplício. Tomou um banho rápido, vestiu o melhor terno, chamou um carro de aplicativo para levar embora a acompanhante e seguiu, já atrasado, para seu grande dia. Assim como tinha ganhado o *bába* (futebol) na noite anterior, achou que, naquele dia, certamente, sairia para comemorar em grande estilo sua tão sonhada promoção. Enfim, ele seria chefe!

Mas não foi bem assim... Douglas saiu da longa reunião da diretoria antes que ela terminasse. Estava furioso! Entrou no banheiro da empresa feito um raio. Queria gritar de ódio, mas não podia.

Molhou o rosto e a nuca para ver se acalmava um pouco o vermelhão que ruborizava sua face... Douglas estava em chamas! Como bom filho de Xangô, suas emoções são inflamáveis demais. Estava inconformado, sentindo-se injustiçado. Ele acreditava piamente que dedicara muito de si em busca daquela promoção; eram anos e anos estudando e se aperfeiçoando para, então, ver aquela mulher sem grande expressividade ficar com a grande chance de sua vida.

Com os olhos flamejantes, vidrados no espelho, as mãos grandes segurando firmemente a pia, murmurou entre os dentes, clamando por Xangô:

— Pai, olha para mim! Isso não é justo! Eu mereço essa promoção mais que ela! Por quê, Pai? Por quê? Eu não acredito que o senhor não ouviu meus clamores! Olha para mim, Xangô!

Pegou o celular e enviou uma mensagem de áudio para *Ìyá* Nita, avisando que estava indo para lá. Precisava jogar, precisava entender o que estava acontecendo! Se ele fizera tudo certo, se agradara Xangô, por que sua promoção estava sendo negada?

Tentou se acalmar, voltou para a sala de reunião e ficou ainda mais enfurecido ao ver que todos estavam felizes com a posse da nova diretora — um bando de falsos! Achou que gostavam dele, que poderia contar com eles, mas fora traído por toda a empresa!

Envenenado por sua inveja e não suportando mais a angústia, Douglas saiu da empresa e dirigiu intempestivo em direção ao terreiro. Tomou seu banho de folhas, vestiu a roupa de ração e foi tomar a bênção da *ìyá*, que pediu para ele seguir para a casa de Xangô, que o encontraria lá.

Sozinho com o igbá[1] de Xangô, Douglas chorou enfurecido e questionou novamente o Pai sobre o motivo de ter sido abandonado naquele momento tão importante.

Ìyá Nita entrou com sua peneira do jogo nas mãos, acompanhada por uma iaô que trazia para ela uma esteira. Douglas disfarçou as lágrimas e ficou esperando a *ìyá* se ajeitar.

1 Segundo com o *Dicionário yorubá-português*, de José Beniste (Bertrand Brasil, 2019), significa "cabaça, fruto do cabaceiro". Nas religiões de matrizes africanas, porém, trata-se de um elemento litúrgico que representa a cabeça e é cultuado por seus adeptos. [NE]

Xangô de Pai Israel dos Santos — São Paulo (SP), 2024

A sacerdotisa, uma sábia mulher de Oxum, viu naquela a grande oportunidade de demonstrar na prática o quanto a vida vai muito além do que aquilo que o ego do filho conseguia enxergar. Ao jogar, começou a falar:

— Filho, Xangô escolheu não ouvi-lo porque minha Mãe Oxum pediu misericórdia a ele!

— Como assim, mainha, que maluquice é essa? — disse Douglas exaltado.

— Não me interrompa mais! — disse ela com autoridade. — Tomando por exemplo como você tem se comportado aqui na roça, imagino como vem agindo na empresa. Você só chega pronto para as festas, mas não sabe, há anos, o que é se melar de *ẹ̀jẹ̀* para cortar para a Iabá que lhe raspou. Você sequer troca

bênção com seus irmãos mais novos desde que foi confirmado! Eu avisei que você deveria arriar esse amalá para seu Pai no mês passado. Você só arriou ontem, chegou correndo só para arriar, nem uma vela acendeu. E eu vi nas redes sociais as fotos do *bába*, da cerveja, da garota... Ogã, você se esqueceu de que estava de resguardo após arriar a comida de seu Pai?

Ele permaneceu em silêncio e a *ìyá* continuou:

— Xangô diz no jogo que você vem sendo arrogante, prepotente, vem chegando constantemente atrasado no trabalho e na vida espiritual. Dofono, Xangô diz que se fosse para fazer a justiça que você pediu, você seria demitido! Você não merece o que Ele deu a você! E fala que, se você não melhorar, vai perder tudo, porque Ele mesmo vai tirar.

"Filho, eu sempre disse: tome cuidado ao pedir a justiça de Xangô, esteja preparado para as consequências! Agora, engole o choro, bata cabeça para seu Pai, pedindo perdão e vá lá para fora carpir em volta de Tempo, pedindo sabedoria para reconstruir sua jornada antes que você sinta o machado de seu Pai realmente fazer justiça em sua vida!"

Viver requer um olhar atento para si e para o seu reflexo no mundo.

Káwò ó o, kábíyèsí, Xangô![2]

2 De acordo com o *Dicionário yorubá-português*, de José Beniste (Bertrand Brasil, 2019), a expressão "Káwò ó o" significa "Que possamos olhá-lo"; e "kábíyèsí" é uma "saudação que se faz a um rei ou grande chefe". Portanto, podemos traduzir a frase como "Que possamos olhar o rei, que ele tenha vida longa!". [NE]

Xangô de Diego Obanirê — São Francisco do Conde (BA), 2025

Quem é Xangô?

“Obá” é um dos epítetos de Xangô e significa “rei”. Obá Xangô foi o quarto Rei de Oyó, na Nigéria. É um Orixá quente, duro e muito amado por ter sido um rei justo e visionário, que lutava junto ao seu povo por dias melhores.

Xangô tem caráter viril e violento diante das injustiças, podendo ser implacável com os ímpios, e será pior ainda se esse ímpio for um filho seu! Isso fica bem representado pela sua ferramenta, o oxê, o machado de duas lâminas que Ele carrega e que corta o injusto independentemente do lado em que esteja.

Não há meio-termo, meias palavras, meias verdades, assim como não há meia rocha. Xangô é inteiro, matéria prima da verdade.

Cultuado na quarta-feira, sua saudação é "*Káwò ó o, kábíyèsí*!" e seu elemento é o fogo.

á do Bàbá Odé Obasilé — Salvador (BA), 2019

AYRÁ SE ALEGRA DE QUEM, MESMO PODENDO ERRAR, ESCOLHE FAZER O QUE É CORRETO.

Ayrá do Babalorixá Ayrá'Bossifã — Salvador (BA), 2C

Ayrá

Ayrà

Ayrá é Ayrá

— Norton, pode entrar, Mãe Latifa tá esperando você — disse o amigo Marcelo.

Norton sentiu um arrepio percorrer o corpo, havia demorado muito para tomar coragem e vir jogar, queria saber quem rege seu Orí e entender os sonhos repetitivos e insistentes que tinha desde criança, mas que agora estavam acontecendo toda semana, em que um furacão vinha do céu e ia descendo na terra. O fenômeno, composto por uma massa branca que ficava girando em uma velocidade absurda, de repente o sugava para dentro e, enquanto ele ficava parado em meditação dentro dele, tudo continuava girando fora até dar aquela sensação de que estava caindo e acordar sobressaltado.

Ele entrou na sala pequena, mas muito bem decorada com a temática africana. A ialorixá já estava sentada ao jogo e lhe abriu um sorriso lindo e franco, convidando-o a sentar-se na cadeira em frente à sua. Latifa é uma bela mulher trans, filha de Iansã, pele retinta, olhos grandes e expressivos, lábios carnudos e palavras fortes, tão autônoma em tudo, que demorava um tempo até alguém atentar que ela era cadeirante — uma verdadeira rainha encarnada!

Após algumas jogadas, Mãe Latifa começou a falar sobre os odus que ali se apresentavam. Explicou de maneira bem didática para que o garoto, totalmente leigo, pudesse entender, até que veio a tão desejada revelação:

— Norton, você é de Ayrá, Orixá sincretizado com Xangô aqui na diáspora.

— Nossa, eu achei que era uma qualidade de Xangô. Mas, assim, tanto faz se eu disser que sou de Xangô ou de Ayrá? Dá na mesma?

— Olha, é tipo você dizer que é filho do irmão do seu pai — Mãe Latifa disse bem-humorada, soltando uma gargalhada. — Aqui em nossa casa, o culto é separado; estamos conscientes de que se trata de um Orixá à parte.

— Ah... — murmurou Norton, meio que decepcionado.

— Norton, Ayrá é um Orixá esplêndido! Em África, seu culto é anterior ao culto de Xangô, é um Orixá quente, fervilhante, ligado ao fogo das fogueiras, qualidades que, aqui na diáspora, dizem-se de Xangô. Ele veste branco justamente para apaziguar seu excesso de quentura e fúria. Não à toa seu nome significa redemoinho.

— Redemoinho?! — exclamou ele.

Empalidecendo, seu coração quase errou uma batida, e o frio na barriga fez com que ele se sentisse tonto.

— Você está bem? O que houve?

Norton explicou para Mãe Latifa sobre os sonhos, as sensações e a intensidade avassaladora com que eles aconteciam desde a infância.

— Aláfia![1] — celebrou Mãe Latifa. — Pois é, filho, Ele não deixa qualquer dúvida de que é seu soberano, algumas pessoas não conseguem confirmar de fato esse Orixá de cabeça antes da iniciação, mas para outros, como você, o Orixá não abre margem para dúvida. Minha sugestão é que você pesquise sobre Ele, que converse com outras pessoas de Ayrá, que venha à festa das Águas de Oxalá que acontecerá neste final de semana e à Fogueira de Ayrá que celebraremos em julho. Enfim, faça amizade com essa energia até reconhecê-lo como seu Orixá, sem usar subterfúgios. Ayrá é um Orixá protetor, intenso e bélico, tenho a certeza de que você vai se apaixonar por Ele, ainda mais com esses sonhos... Não há dúvida: você é dele!

Mãe Latifa mostrou a ele a diferença das paramentas. Enquanto o machado de Xangô tem dois cortes, a machadinha de Ayrá tem um corte só. Contou o itã (lenda) sobre a ligação de Ayrá com Oxalufã, o Oxalá velho, e a importância dele no culto de Oxalá. Norton saiu de lá pensativo e determinado a se aproximar dessa energia.

À noite, o sonho do furacão voltou a acontecer, dentro dele agora havia um homem negro muito alto, vestido de branco e com os braços abertos. Olhos também abertos, mas brancos, sem a pupila aparente, e um sorrisinho de canto de boca. Quan-

1 Do iorubá "àláfià", significa "paz, felicidade, bem-estar". Quando dito em um jogo de búzios, que dizer que existe uma confirmação sem dúvidas. [NE]

do o redemoinho o sugou para dentro, como sempre acontecia, dessa vez ele foi direto para o abraço daquele homem imenso, e ali se sentiu seguro como nunca!

Carente de pai, pois, como tantos jovens, não conhecia o seu, encontrou naquele abraço o aconchego do colo paterno que sempre desejou. Acordou com lágrimas nos olhos; não queria que aquele abraço acabasse!

Sua vida estava caótica, teve de voltar para a casa da mãe e do padrasto após perder o emprego e terminar o casamento, tudo no mesmo mês. Sua saúde estava frágil e a depressão rondava cada vez mais perto. Os pensamentos suicidas eram constantes e, depois de duas tentativas infrutíferas, resolveu atender o pedido de um amigo, que também era um homem trans e frequentava o mesmo terreiro, e o convidava a ir até lá para jogar. Sua transgeneridade não era aceita pelo padrasto, e isso sempre gerava muita transfobia e discussões. Precisava arranjar um emprego o mais rápido possível para sair dali e evitar maiores desgastes.

Resolveu ir para o terreiro nas Águas de Oxalá, quem sabe conseguiria ver de perto esse tal Ayrá e sentir se Ele era mesmo tão incrível quanto Xangô, por quem ele era tão apaixonado. Procurou e lavou as roupas brancas para a festa de Oxalá e aguardou ansiosamente pelo sábado.

Ao chegar ao terreiro, estava tenso: um misto de ansiedade, alegria e medo. Os atabaques começaram a tocar e seu coração acelerou, a cada Orixá que era reverenciado no xirê, era uma emoção diferente que o tomava. Quando cantaram para chamar os Orixás, ele sentiu uma dor de cabeça descomunal, faltou o ar, o coração parecia que ia explodir no peito, e tiveram que tirá-lo do barracão para que as sensações se acalmassem. Ele estava sentindo na pele o famoso "passar mal de santo", que é quando sensações físicas surgem de maneira tão intensa que a pessoa não sabe se está tendo um ataque cardíaco ou se está à beira de um transe — no caso dele, era a segunda hipótese.

Quando o cortejo entrou no barracão, Norton chorou copiosamente, nunca tinha visto algo tão emocionante! A corte toda de branco em honra a Oxalá, entoando canções que mexiam com ele em um lugar que ele nem sabia existir... Até que avistou Ayrá e ficou impactado ao ver que era o mesmo homem negro imenso, de traços maduros que havia aparecido em seu sonho na noite após o jogo! Como podia ser? Ele nunca tinha visto aquele homem antes!

Os Orixás começaram a ser reverenciados um a um com suas cantigas preferidas, até que chegou a vez de Ayrá. O coração de Norton estava descompassado; ele não conseguia tirar os olhos daquele Orixá esplêndido! Após algum tempo dançando, Ayrá veio na direção de Norton, abriu os braços e o recebeu naquele abraço paterno tão conhecido! Norton chorou copiosamente com o rosto grudado em seu peito, Ayrá o confortava e secou suas lágrimas com a ponta de um dos laços de sua cintura, abraçou-o apertado mais uma vez e disse ao seu ouvido:

— Não tenha medo, entregue-se e venha! — afastou-se um pouco e colocou sua machadinha no alto da cabeça de Norton, que teve um espasmo para trás e caiu no chão em bolonã. Seu corpo girou até o entoto (centro de força firmado no chão do barracão) e parou com a cabeça sobre ele, bem embaixo da cumeeira (centro de força assentado no alto do barracão).

Os ogãs recolheram seu corpo agora inerte, possuído por Ayrá. Sob o comando de Mãe Latifa, encaminharam-no para o sabaji até que tudo se acalmasse, já que Ayrá se recusava a ir embora e pedia por feitura. Mãe Latifa deixou o amigo Marcelo ali de olho nele e voltou para finalizar a festa.

Norton acordou só no domingo à tarde, após muito a ialorixá pedir que o Orixá permitisse que ela tivesse uma conversa com a matéria. Assim foi feito. Mãe Latifa explicou a Norton o que houve e o porquê do galo na testa, disse a ele que Ayrá se preocupava com sua saúde mental e suas tentativas contra a própria vida, e que se ele não entrasse para o roncó, correria o risco de não ter outra chance de salvar-se, porque sua depressão estava realmente muito severa.

Ele explicou que estava desempregado, que só tinha mais duas parcelas do seguro-desemprego e que estava morando novamente na casa da mãe, com o padrasto, que não aceitava sua condição de gênero e que, com certeza, não aceitaria que ele se iniciasse.

— Norton, se não fosse o empecilho do dinheiro, você teria coragem de entrar?

— Sim, eu teria! — disse ele com uma segurança rara nos últimos tempos.

— Pronto, então vá para casa e se prepare. Você vai entrar no barco de junho que sai em julho, na Fogueira de Ayrá. Quero que você venha ocupar um dos quartos aqui do terreiro, assim não terá de sofrer qualquer violência na casa de sua mãe e conseguirá certificar-se se o Candomblé é para você, pois vivenciará intensamente a rotina de um terreiro nos próximos dois meses. No dia de recolher o barco, eu vou te perguntar novamente se você quer entrar, se você assentir, será o dofono do barco.

Um misto de euforia, alegria e medo se apossaram de Norton. Era uma chance incrível de mudar de vida. A conversa com a mãe foi tranquila, ela era simpatizante da religião dos Orixás, mas o padrasto ouviu o finalzinho quando chegava do bar, e foi extremamente preconceituoso, insultando Norton mais uma vez. A mãe, pela primeira vez em cinco anos, posicionou-se:

— Maurício, alguém pediu sua opinião? Não lembro de Norton ter ido falar contigo, afinal, a mãe dele sou eu!

— "Dela"! É "ela"! — disse ele, debochando.

— "Ele", "dele", "filho", "homem", mais homem que você! Corajoso o suficiente para arcar com a verdade pessoal dele. E você que só não me larga porque é um falido e não tem onde cair morto? — O marido se calou e empalideceu, e ela continuou dura e contundente. — Espero que você nunca mais trate meu filho no feminino, espero que respeite o nome dele, a religião dele, e que quando Norton sair do terreiro após sua iniciação, você não esteja mais aqui.

— Como assim, Rejane? Você está me colocando para fora?

— Estou! A gente já não é um casal há mais de um ano, quando você me traiu mais uma vez e novamente eu relevei, mas não aceitei mais me deitar contigo... Agora, chega! Meu filho está indo morar de favor no terreiro para que continue vivo, já que a sua companhia faz tão mal a ele que pensa em acabar com a própria vida. A coragem do meu filho me fez ver que eu sou muito covarde, que mesmo eu sustentando a casa em tudo, ainda permito que você continue nos desrespeitando, agredindo e humilhando.

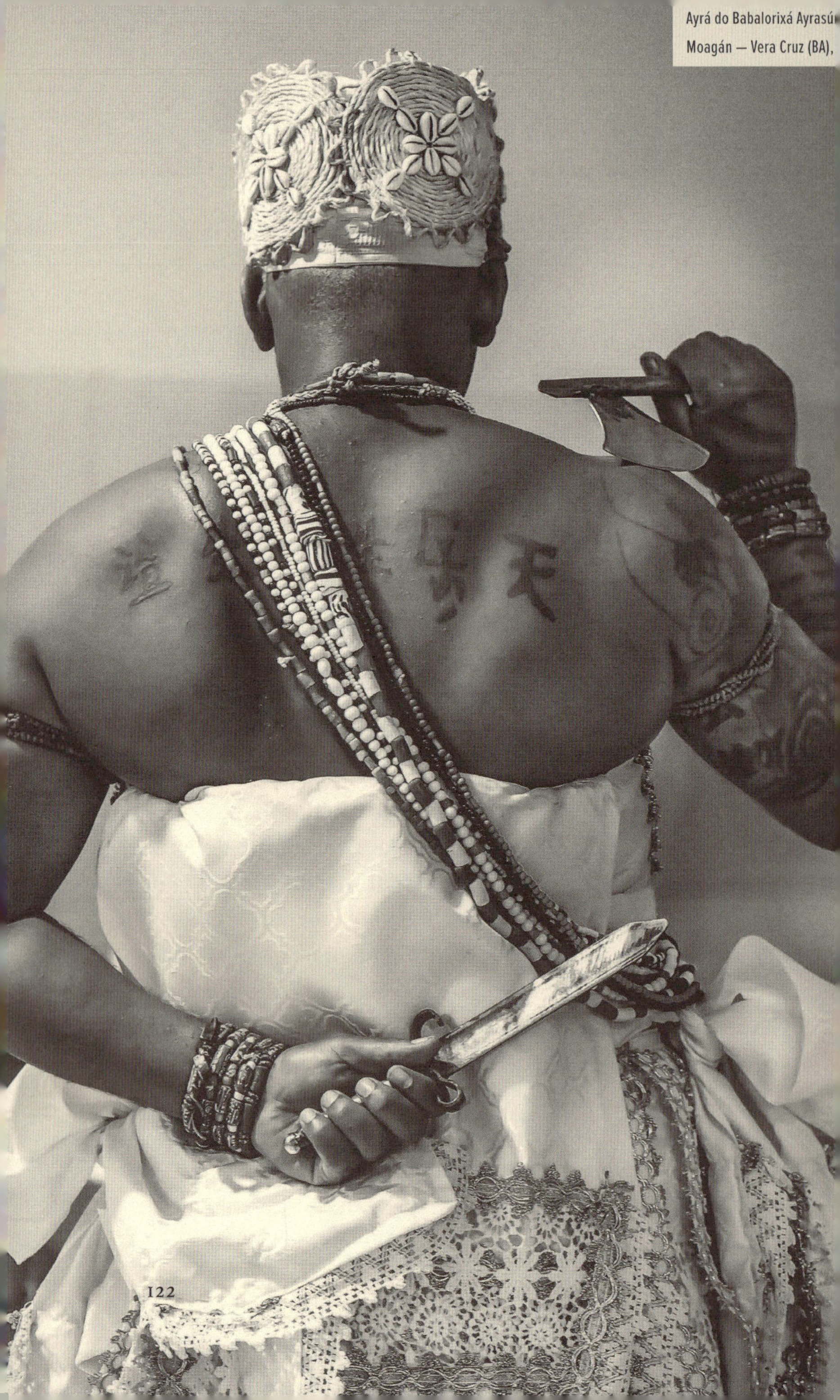

Ayrá do Babalorixá Ayrasú
Moagán — Vera Cruz (BA),

— Rejane, você não pode fazer isso com a gente por causa dessa aberração!

— Cala a boca, Maurício! Nunca mais se refira a meu filho dessa maneira, ele é o dono desta casa, você mora sob o teto que é de propriedade dele, porque, sim, está no nome dele, foi herança do meu pai... então, não, nem eu nem você temos o direito de fazer com que Norton se sinta mal dentro da própria casa. Você tem um mês para conseguir um lugar para morar, e durante o resto de sua estada por aqui, não ouse nos incomodar. Aliás, hoje mesmo coloque suas coisas lá na edícula, é lá que você passará os próximos trinta dias, e pode devolver a chave da casa do meu filho.

— Eu não acredito nisso! — disse Maurício, jogando a chave no chão e saindo portão afora.

Norton estava impactado com a coragem da mãe. Estava feliz e orgulhoso por ela ter conseguido se livrar daquele homem que era um fardo para ela.

— Meu filho, me perdoa por ter permitido que isso durasse tanto, perdoa sua mãe, eu fui criada para ter um homem a qualquer custo, como ele nunca levantou a mão para mim, eu me dei por satisfeita e fui carregando esse fardo como custo de dar satisfação à sociedade, mas agora chega, eu não aceito perder você, filho! Quero te ver bem, feliz, saudável, produtivo.

Rejane e Norton se abraçaram e choraram juntos, falaram de seus sentimentos, dos últimos anos, das últimas decisões e chegaram à conclusão de que era melhor Norton passar esse período no terreiro para se certificar se realmente queria se iniciar por agora, pois lá viveria o terreiro de forma intensiva, e assim foi feito, mas Rejane estava sempre por lá.

Quando chegou o dia do recolhimento, Norton nem deixou a *ìyá* lhe questionar. Depois do banho de axé e de bater paó na roça, foi bater cabeça para Mãe Latifa e disse:

— Mãe, eu não tenho nenhuma dúvida, eu quero ser o dofono do meu barco, eu aceito Ayrá com muita honra e quero Oyá como minha navalha!

— Axé! — gritou, sorrindo, Mãe Latifa. — Que alegria, meu filho! Seja bem-vindo de fato à casa de Oyá!

E novamente Norton bolou. Ayrá o pegou e agora era para sempre! Nunca mais Norton se sentiria só, seu Pai ancestral o estava acolhendo de forma definitiva para dali em diante serem um só!

A saída de Norton e sua dofonitinha de Oyá aconteceu em uma noite de lua cheia. A fogueira espantava o frio e Ayrá dançou visceral e potente como um vulcão prestes a entrar em erupção, transformando para sempre a realidade daquela família.

Maurício já não morava mais com a mãe dele. Rejane agora também era abiã da casa de Mãe Latifa, e ela e a matéria do Ayrá que fez Norton bolar pela primeira vez, que é irmão de Orixá da *ìyá*, estão apaixonados e se aproximando cada vez mais.

É bonito ver como o Orixá faz milagres em nossa vida quando confiamos a Ele o nosso melhor sentimento.

Ayrá lê! Oyá ô!

Ayrá de Bàbá Marcos Tibyoxê — Catu (BA), 2024

Quem é Ayrá?

O nome Ayrá significa redemoinho. É um Orixá austero, quente e intempestivo. Ele veste branco e suas paramentas (armas) são prateadas. No Candomblé, as fogueiras são símbolo de Ayrá e não de Xangô, fazendo alusão às fogueiras feitas por Ayrá, conhecido como a sentinela de Oxalá, para aquecer o velho Orixá enquanto o levava de volta para o reino dele.

Em África, seu culto em Savué é anterior ao culto de Xangô em Oyó, mas, aqui na diáspora, Ele foi agregado ao culto de Xangô por ter energia semelhante e ser mais conhecido.

É um Orixá que corta na carne, mas faz valer a retidão de caráter e se alegra de quem, mesmo podendo errar, escolhe fazer o que é correto e ético.

Cultuado na quarta-feira, sua saudação é "Ayrá lê!" (Ayrá gira!) e seus elementos são o vento e o fogo.

edé do Bàbá Tafabain, 2024

LOGUNEDÉ É A BELEZA MÁXIMA, SEMPRE PRONTA PARA A GUERRA.

Logunedé de Rodson de Jesus — Muritiba (BA), 2019

Logunedé

Lógun Ẹdẹ

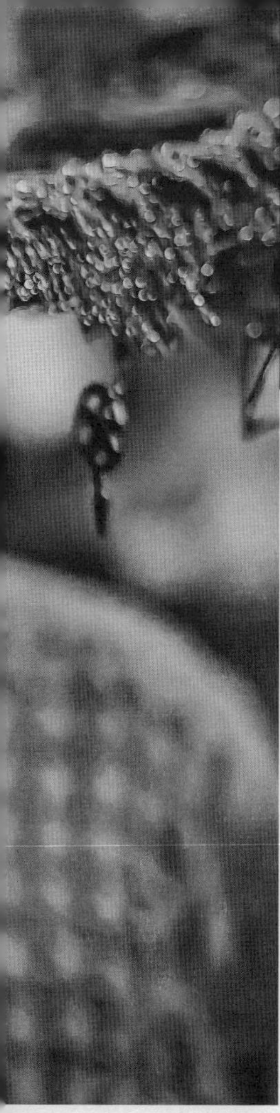

Logunedé não perdoa

— Atende, Rodrigo, atende! — resmungava Clara, enquanto ouvia os toques do celular, tentando uma chamada para o namorado que, pela terceira vez consecutiva, não atendia. — Que droga! Por que não atende? Oh, meu Pai Logunedé, faz ele atender!

Quando ela colocou o celular sobre a mesa, ele vibrou, e era Rodrigo.

— Oi, meu amor, estou em reunião e não vi suas chamadas. Quando vi, saí da sala para te retornar, o que houve? Você raramente me liga.

— Rodrigo, estou desesperada! Eu preciso entregar a última versão da minha dissertação hoje, impreterivelmente, mas uma árvore caiu no poste aqui da esquina, derrubou vários fios e estou sem luz... sem previsão para voltar. Posso ir para o seu apartamento terminar isso?

— Lógico, meu bem! Você tem a chave justamente para esses imprevistos, pode ir para lá! Na saída do trabalho, passo na padaria e compro um lanche para você não precisar parar, vai dar tudo certo!

Clara juntou as coisas o mais rápido possível, rezando para que a descarga elétrica não tivesse danificado seu notebook. Como agora ele só funcionava com o cabo de força na tomada, ela não tinha ideia de seu real estado.

Ao chegar ao apartamento de Rodrigo, quase teve um mini-infarto: o notebook não ligava! Clara começou a chorar angustiada, mas por sorte o notebook de Rodrigo estava na sala. Como tinha a senha, resolveu que essa seria a única solução.

Quando levantou a tela, imediatamente foi pedida a senha — ele não estava desligado, e sim hibernando. Clara rezou mentalmente para que ele não tivesse mudado a senha que ela sabia, digitou a data do aniversário de namoro deles e, por sorte (ou não), era a mesma, mas um fato mudaria o fluxo daquele dia já tão cheio de surpresas... A versão *web* do aplicativo de mensagens estava aberta na tela e, naquele exato momento em que ela se sentou em frente ao equipamento, ela pôde ler uma mensagem que Rodrigo havia acabado de enviar para um contato chamado "Paulo Mecânico": "Amor, calma, a idiota da Clara..."

Toda a urgência de Clara com a dissertação morreu, o mundo parou por um instante, inclusive sua respiração. Ela só olhava estática para o começo daquela frase... e agora teria que tomar uma difícil decisão: clicar ou não sobre a mensagem para saber o porquê de ele chamar o "mecânico" de amor, e a ela de idiota.

Ela não conseguiu evitar e clicou sobre a mensagem. Para sua surpresa, o nome "Paulo Mecânico" era só uma fachada para ocultar a identidade de Juliana, quem ela conhecia desde a infância, e que seguia até hoje sendo sua melhor amiga... Não precisou rolar muito o histórico da conversa para entender que estavam juntos e que falavam dela com deboche e desrespeito.

Clara tremia e chorava sem parar, um misto de ódio e desespero se apossaram dela... Como Rodrigo e Juliana tinham tido coragem de fazer aquilo? Em um lampejo de lucidez, começou a filmar a tela nas partes mais comprometedoras e enviar para o seu drive. Além das conversas, havia fotos e vídeos bem íntimos e comprometedores.

Pôde perceber também que eles estavam juntos há mais de um ano e que ela cobrava que ele terminasse o namoro para ficarem juntos e que TODOS os seus amigos mais próximos estavam sabendo, a ponto de se beijarem publicamente enquanto Clara se ausentava para ir ao banheiro em algum barzinho, por exemplo, e isso foi conversado em tom de deboche, com direito a foto.

Quando terminou de ler, ela estava nauseada, atônita e inconformada. Vomitou no tapete caríssimo da sala, lançou o notebook dele na parede, pegou suas coisas e foi para o carro sem conseguir parar de chorar. Clara mal conseguia enxergar entre as lágrimas. Como Rodrigo não atendia o celular, aos berros ela começou a enviar áudios no aplicativo de mensagens, revelando que já sabia da traição e confessando toda a sua dor.

— Maldito! Como vocês puderam fazer isso comigo, Rodrigo? O que eu fiz para você me odiar tanto? Você tem razão: eu fui uma idiota de confiar em você!

— Juliana, sua desgraçada, eu estaria arrasada se eu apenas tivesse descoberto que o meu namorado meteu um chifre em mim, mas saber que foi com você, minha primeira e "melhor" amiga, eu não sei nem nomear o meu sentimento! O que eu fiz para você? Por que tanta crueldade?

Clara lembrou-se do compromisso com a orientadora do mestrado, mas não tinha a menor condição de pensar nisso agora. Resolveu enviar uma mensagem no grupo que tinha com os pais:

— Pai, mãe, descobri que o Rodrigo está me traindo há mais de um ano com a Juliana, vocês também sabiam disso? Porque todos os meus amigos sabem! — além das palavras de desespero, entre gritos de dor e lágrimas de indignação, também ficou registrado no áudio para os pais o barulho lancinante do carro freando bruscamente e se chocando com algum obstáculo, e foi desesperador para ambos, pois ela não atendia mais o celular e não se sabia mais o seu paradeiro.

Depois de uma hora, que pela angústia pareceram dias, ligaram do hospital avisando que Clara havia se acidentado, e ambos correram para lá.

Quando chegaram ao quarto, encontraram a filha muito abatida, com pontos no rosto por causa dos estilhaços do vidro, um braço quebrado e aguardando o resultado da ressonância para saber se estava tudo bem com os órgãos internos e com o cérebro.

Clara desabou em lágrimas ao vê-los, ficaram abraçados por um tempo, até que o pai perguntou o que havia acontecido e a filha contou que havia descoberto a traição do noivo com sua melhor amiga e, como estava em desespero e falando ao celular, desviou de uma bicicleta e colidiu contra um muro.

— Isso é sério, Clara? — perguntou o pai. — Ou você tem apenas desconfianças?

— Não, pai! Estava tudo lá no aplicativo do notebook dele, as mensagens trocadas por eles, debochando de mim, tudo com fotos e vídeos íntimos deles, tenho muitas provas.

— Canalha! Como eles puderam fazer isso com você? Ambos trabalham na nossa empresa, você sempre foi extremamente generosa com eles... Aliás, Rodrigo só continua trabalhando lá porque é seu noivo, pois é um incompetente e arrogante com quem considera inferior.

— O senhor nunca me contou isso, pai.

— Eu não queria que você achasse que era ciúme, que eu estava pegando no pé dele, já que fui contra esse relacionamento desde o começo, mas, enfim, agora chega!

— Boa noite! Como nossa paciente está se sentindo? — disse o doutor Fabiano ao entrar no quarto.

— Boa noite, doutor! Estou bem na medida do possível, meio zonza ainda, o corpo todo dolorido, e ansiosa para saber o resultado dos exames.

— Tenho boas notícias! Não houve lesões em órgãos internos, o *airbag* foi muito eficiente e realmente protegeu sua cabeça do impacto, mas, como houve um edema, oriento que você passe a noite aqui em observação.

Todos respiraram aliviados e agradeceram ao médico.

— E essa tatuagem de abebé[I] e ofá aí no braço? Você é de Logunedé?

I Do iorubá "abẹ̀bẹ̀", é o leque dourado de Oxum. Pode ter um espelho no centro. [NE]

Clara sorriu para o médico, e só então se deu conta do quanto ele era bonito, um jovem de pele retinta, muito alto e forte, com uma voz encantadora.

— Sou, sim! Você também é de axé?

— Sou de Ipondá — disse ele, levantando um pedacinho da conta dourada para fora da camisa.

— Só podia ser! — completou dona Consuelo, que também era de Oxum.

— Reunião de condomínio do povo das águas no hospital? — brincou o pai, e todos sorriram.

— Vou continuar as visitas. Se precisarem de algo, é só me chamar. E procura descansar, mocinha, seu Orí precisa se recuperar. — Todos sorriram e agradeceram ao doutor Fabiano.

— Concordo com ele, filha, descansa, foi um dia difícil para você. Como só pode ficar um acompanhante, vou ficar aqui. Nós vamos lá no carro pegar minhas coisas, vou passar na lanchonete para pegar algo para comer e já subo — disse a mãe.

Quando estavam no estacionamento, Consuelo viu que Rodrigo tinha enviado uma mensagem:

— Oi, tia, tudo bem com a senhora? Por favor, a Clara está por aí? Estou tentando ligar para ela, mas não me atende.

— Como você ousa falar comigo depois de tudo o que aprontou com ela, seu canalha? — disse Consuelo ao ligar para Rodrigo. — Ela sofreu um acidente, está hospitalizada por sua causa.

— Tia, não é nada disso, a Clara tem esses ataques de ciúme, a senhora sabe disso, é tudo insegurança dela.

— Escuta aqui, seu imprestável — tomou a palavra seu Jorge —, ela nos mostrou as fotos e os vídeos da safadeza de vocês dois e, como sempre, você terceirizando sua responsabilidade, um completo covarde! Eu espero que você saiba que está demitido. Passe amanhã de manhã para pegar suas coisas e dirigir-se ao RH, consciente de que não vai pagar aviso prévio. Não quero você nem mais um dia na minha empresa.

— Seu Jorge, isso é injusto! O senhor não pode misturar a vida pessoal e a profissional!

— A empresa é minha e faço o que eu quiser, seu pirralho! Você quase matou minha única filha. Eu espero que meu Pai Xangô e o próprio Logunedé não se esqueçam da sua cara!

Rodrigo desligou o celular e os pais de Clara esbravejaram a má sorte da filha ao se envolver com um homem sem caráter. Ali mesmo, seu Jorge ainda ligou para Juliana e a demitiu, evidenciando que ela sim o decepcionou, porque a conhecia desde criança e jamais imaginou que ela um dia trairia alguém que sempre fez de tudo por ela.

— Eu odeio a Clara! Eu odeio vocês! — gritou Juliana. — Cada final de semana que eu passava na casa de vocês, eu me dava conta de como era miserável a minha vida! A Clara sempre teve tudo! Os pais perfeitos, os melhores brinquedos, as melhores notas, as melhores roupas, as melhores viagens, e a mim foi destinado um barraco na favela, um pai morto na cadeia, uma mãe depressiva e o resto de coisas que a Clara não queria mais! Então, sim, eu tirei dela quem ela ama! Eu odeio vocês! Que pena que ela não morreu! — disse descontroladamente.

— Você, além de miserável e invejosa, é ingrata! — exclamou dona Consuelo. — Você nunca ficou com "restos" da Clara, sempre que comprava roupas para ela, comprava também para você. Nós nunca mandamos restos de alimentos, nós sempre lhe enviamos cestas básicas e sacolas de quitanda e de açougue. A escola particular e agora a faculdade particular, a Clara fez questão que custeássemos, sim, porque você não teve disciplina para estudar e passar para uma estadual ou federal, e enquanto ela já está defendendo o mestrado na federal, você ainda nem conseguiu concluir a graduação, porque, além de invejosa, é uma preguiçosa!

— Você maldiz a Clara e a nós, mas imagina como seria sua vida se você não tivesse caído nas graças dela, sua ingrata! — lembrou seu Jorge. — Está demitida, junto daquele pulha! Vocês se merecem!

Assim como Rodrigo, Juliana também desligou o celular na cara deles. Consuelo voltou para dentro do hospital e encontrou o médico bonitão sentado em uma cadeira ao lado da cama da filha, e sentiu algo bom em relação a esse encontro que Orixá proporcionou.

Enquanto isso, Juliana e Rodrigo estavam discutindo no apartamento dele:

— Você é um idiota, Rodrigo! Como é que você deixa o comunicador com as nossas conversas abertas em um notebook a que aquela besta tem acesso? O que vamos fazer agora? Acabou a vida mansa!

— Como é que eu ia imaginar que a Clara iria abrir meu notebook? Eu nem lembrava que ela tinha a senha.

— Você é muito lerdo! Cara, como é que eu vou fazer agora, sem trabalho, sem poder concluir a faculdade, e sem ter onde morar, porque, óbvio, vou ter que sair da casa dela. Já te aviso que virei morar aqui!

— No meu apartamento? Nem pensar, gatinha! Sem trabalho eu não vou ter como pagar o aluguel, vou ter que voltar para a casa da minha mãe, e ela não suporta você! Vai ter que voltar para casa da sua mãe também!

— Eu jamais voltarei para lá! — Juliana chorava de raiva. — Aquela desgraçada, até quando cai, sai derrubando todo mundo! Que ódio!

E esse foi só o começo da derrocada dos dois! A mãe de Rodrigo não o perdoou pelo que aconteceu à Clara, não permitiu que ele fosse morar lá, e ele teve de ir com Juliana para a casa da mãe dela na comunidade. Os dois brigavam todos os dias, porque ambos eram preguiçosos e queriam empurrar os serviços da casa um para o outro. Não conseguiam se encaixar em nenhum emprego e a cabeça deles parecia não enxergar um caminho.

O tempo foi passando e Juliana não demorou a começar a se prostituir e Rodrigo, que já estava bebendo muito e consumindo entorpecentes, coletava recicláveis e batia muito nela.

E foi quando os rapazes da boca deram uma surra nele, quebrando suas duas pernas, que a mãe teve de recebê-lo na casa dela novamente. Foi uma fase difícil, porque além das dores geradas pela surra, ainda tinha a abstinência que o fazia urrar feito um bicho — ele já não falava coisa com coisa.

Dona Cida precisou interná-lo compulsoriamente em uma clínica especializada e, após uma das visitas, ao ver o filho só um fractal do que fora há poucos meses, resolveu ligar para Clara.

— Oi, minha filha, boa tarde, desculpe incomodá-la, mas eu preciso falar com você, preciso pedir perdão em nome do meu filho... Clara, ele está definhando! Não consegue se recuperar, a cabeça dele tá muito esquisita, e, por muitas vezes, eu vi Logunedé com os braços cruzados, olhando para ele de cara feia. Pede para seu Pai perdoar meu filho, Clara! Eu sei que ele errou muito com você, mas é meu único filho! Já pedi misericórdia a Logunedé, mas Ele não me ouve e ainda me olha de cara feia!

— Oh, dona Cida, fico muito triste por seu sofrimento, eu nunca desejei isso tudo a Rodrigo ou a Juliana, nunca movi uma folha sequer na intenção deles.

— Clara, até os amigos de vocês, que sabiam da traição deles, receberam uma lição... A van em que eles estavam indo para um show capotou após o motorista se assustar com um pavão que apareceu do nada na frente do para-brisa... um pavão

Logunedé de Lomiwá Odé Arodemim — Salvador (BA), 2022

que ninguém viu, só o motorista! Você precisa interceder junto a seu Pai, minha filha.

Clara, ao concluir a ligação com dona Cida, se ajoelhou e agradeceu a Logunedé por tanto amor. Ligou para sua ialorixá e foi para o terreiro para fazer um jogo de emergência.

— Minha filha, Logunedé está dizendo que não está fazendo nada AINDA. Ele só está pedindo que os Orís e os Orixás dessas pessoas sejam justos e permitam que Ajogum lhes ensine sobre lealdade e gratidão.

— Ó, mãe, diz a Ele que já está bom! Que eu estou pedindo clemência por eles, que eu os perdoo, que sigam suas vidas.

— Minha filha, continue pedindo isso ao seu Pai, vai depender muito de você estar bem e feliz para ele achar que já chega. Nunca vi um Orixá se doer tanto por uma filha!

E assim Clara fez. Todos os dias, ela intercedia por aqueles que a haviam ofendido.

Paralelo a isso, ela resolveu aceitar o convite do doutor Fabiano para jantar e ele fez malabarismo em sua agenda para acompanhar a defesa da dissertação de mestrado dela. Clara, enfim, estava se sentindo novamente feliz e renovada; até o braço que machucara no acidente já havia se recuperado e o coração também — aos poucos, voltava a confiar nas pessoas.

Logunedé se afastou de Rodrigo e de Juliana. Ele conseguiu se desintoxicar e hoje frequenta um grupo de apoio. Não conseguiu se recolocar no mercado, mas tem atuado como contador autônomo. Juliana ainda alimenta muita inveja e ódio, e isso atrapalha sua recuperação, arranjou outro homem comprometido para se relacionar e ele a ajuda um pouco financeiramente.

Diante de uma injustiça com um filho seu, Logunedé muda o reflexo do espelho em uma fração de segundos! E no término de um sorriso que morre no canto dos lábios, pode verter uma fúria indomada, alimentada pelo instinto mais ferino, que com garras afiadas e olhar perturbador vai ceifar a paz do ofensor e só descansará quando o adversário se arrepender de ter mexido com um filho seu!

Loci Loci, Logun!

Logunedé de Luís Oliveira — Salvador (BA), 2023

Quem é Logunedé?

Logunedé tem o título de *Olúwo*[2] ("O senhor que guarda os segredos da guerra"). Ele recebeu de Ogum esse título, porque, além de ser um caçador muito corajoso, Logunedé é um temível guerreiro e, dentre seus mistérios, tem as melhores estratégias para vencer uma batalha.

2 De acordo com o *Dicionário yorubá-português*, de José Beniste (Bertrand Brasil, 2019), "olú" indica "um senhor, mestre, alto chefe de uma sociedade" e "awo" significa "mistério, segredo". [NE]

Conhecido como *Ọdẹ Kékeré* em África, que significa "caçador pequeno", talvez sua altura tenha sido o que motivou a visão diametralmente oposta que é cultuada aqui na diáspora, segundo a qual Logunedé é visto como um menino lindo e frágil, filho de Oxum, a rainha das águas doces.

Assim como Oxumarê, Logunedé também é um Oboró (Orixá masculino), Ele não vive seis meses como homem e seis meses como mulher, Ele é 100% do tempo um Orixá masculino. Esse folclore surge a partir da ideia de que Logunedé passava seis meses caçando com o pai, que para a maioria é Oxóssi, e seis meses pescando com a mãe Oxum — é como se Ele fosse mais "masculino" enquanto estivesse entre os caçadores e mais "feminino" enquanto estivesse nas águas com sua mãe, onde aprendia também sobre como cuidar de sua beleza encantadora. Contudo, uma pessoa bonita pode ser bastante letal! E é o caso de Logunedé!

Cultuado na quinta-feira, sua saudação é "Loci Loci!" (Príncipe Guerreiro!) e seu elemento é a água.

de Iyá Fefé — Conceição do Jacuípe (BA), 2022

O VENTO QUE TE FAZ RESPIRAR: É ELA! OYÁ, Ô!

Oyá da Iyá Odara Bagãjaloya — Salvador (BA), 2023

Iansã

Yánsàn

Quando Oyá chamou

— Oi, Catarina, bom dia! Estava dando aula, por isso não atendi de imediato. Você não é de ligar, aconteceu alguma coisa?

— Dona Gabriela, infelizmente eu não tenho boas notícias...

— O que houve? O que a minha mãe aprontou dessa vez?

— Já passou da hora de ela te contar... eu insisti tanto, mas ela é teimosa demais! — dizia a colaboradora de sua mãe, com um forte sotaque baiano.

— Mulher, fala logo, que aflição!

— Sua mãe tem câncer no fígado, dona Gabriela. Já tem quatro anos essa batalha e houve uma piora significativa. Estou aqui no hospital com ela já tem uma semana, e a médica pediu para te avisar que não sabe se ela vai aguentar mais de três dias... A questão é que ela quer falar com a senhora!

Do outro lado da linha, um silêncio profundo e doloroso... Gabriela estava tendo dificuldade para digerir a informação. Sua mãe sempre fora vibrante, vaidosa, expansiva, levava o sol e o vento bom para onde fosse.

— Dona Gabriela? Dona Gabriela?

— Oi, Catarina, desculpa, tá doendo tanto que tá difícil até de respirar... Olha só, eu vou desligar para tentar providenciar o que eu preciso para voltar ao Brasil o mais rápido possível, mas, por favor, vá me mantendo informada.

— Tá bom. Fica bem! Farei o que estiver ao meu alcance por aqui.

— Eu não acredito que minha mãe não me falou nada... não acredito, Catarina!

— A senhora sabe como ela é, não queria que a senhora abrisse mão dos seus sonhos para cuidar dela.

Durante o restante do dia, ela resolveu as burocracias para a viagem: falou com o colegiado da universidade onde dava aula para conseguir uma semana de folga, avisou ao marido sobre o ocorrido, comprou as passagens e, enquanto fazia a mala, pensava no pouco caso do marido com um momento tão difícil dela. Ele sequer desmarcou o jogo de golfe com os amigos para lhe dar algum acolhimento ou até uma carona até o aeroporto — nessas horas, sentia falta de um companheiro brasileiro.

Após a longa viagem, Gabriela foi direto do aeroporto de Salvador para o hospital onde a mãe estava internada.

Enquanto aguardava a médica terminar a visita, sentia o coração apertado pela culpa, já que por muito tempo foram só elas duas para tudo, e mesmo assim ela acabou priorizando totalmente os próprios sonhos, sem buscar uma mediação para incluir um pouco mais a mãe em sua vida nessa fase de carreira internacional. Complicava ainda mais a mãe ter medo de voar, então dependia totalmente de que Gabriela conseguisse vir ao Brasil, o que não acontecia havia nove anos.

A conversa com a médica foi difícil, o quadro da mãe era gravíssimo e terminal, metástase em vários órgãos. A internação era só paliativa, para acompanhar seu processo, mas nada mais poderia ser feito, apenas carinho e cuidados.

Gabriela agradeceu à médica, foi ao banheiro e chorou muito. Recompôs-se, lavou o rosto e voltou para ser encaminhada até onde a mãe estava internada. Teve de se segurar para não chorar novamente ao vê-la tão frágil; nem sombra da mulher exuberante e altiva que ela sempre foi...

— É, dona Ana... como é que me esconde uma coisa dessas?

— Você está realizada, então, valeu a pena! — disse a mãe com a voz fraca, afastando um pouco a máscara de oxigênio para ser ouvida.

— Mãe, a senhora não tinha o direito de fazer isso, eu...

— Ouça o que eu tenho a dizer, Gabriela, eu não tenho muito tempo, escolhi o que achei ser melhor para você e não tem como voltar atrás... então, vamos ao que me fez pedir para te chamarem aqui...

Um arrepio percorreu o corpo de Gabriela, que só assentiu com a cabeça e segurou em sua mão, esperando que seu fôlego fosse retomado para falar.

— Iansã não quer ser despachada, Ela quer ser cuidada por você e eu preciso que faça isso por mim, esse é meu último pedido.

— Mãe, a senhora sabe que eu morro de medo dessas coisas! — disse ela, soltando a mão da mãe. — Eu não tenho a menor condição de fazer isso! Pode me pedir qualquer coisa, menos isso! Eu sou ateia, mãe, eu não acredito nessas suas crendices, não tem o menor sentido essa... essa... coisa ...me impor algo assim!

Gabriela suava frio, era um misto de medo e ansiedade que nem ela entendia. A mãe, sem se alterar, falou:

— Você precisa ir até o terreiro para pegá-la, explica para Mãe Maria que você vai para outro país e não pode levar os barros, peça que ela prepare apenas o okutá para facilitar o embarque no avião e a ensine como cultuá-lo.

— Mãe, eu não posso fazer isso! Olha, deixa Ela lá, eu pago um valor mensal para o povo do seu terreiro cuidar, tenho a certeza de que será melhor, mãe.

— Gabriela, eu nunca pedi nada a você! Não aceito que recuse um pedido de Iansã.

Dona Ana começou a tossir pelo esforço, um dos aparelhos começou a apitar. Ela estava com falta de ar, e duas enfermeiras entraram correndo no quarto. Gabriela não sabia o que fazer e se desesperou ao ver uma das enfermeiras sair correndo para chamar a médica, enquanto a outra checava seus sinais vitais. Ela sentiu que a mãe estava partindo e começou a chorar e a gritar que faria o que a mãe quisesse, que a amava, que podia confiar nela!

Os minutos seguintes foram de muito alvoroço entre a equipe médica. Tentaram reanimá-la, mas Ikú, a morte, passou para ceifar seu vínculo com a matéria. No exato momento em que o aparelho emitiu um som contínuo, caiu um raio bem próximo, o clarão invadiu o quarto, a energia caiu e, dentro da escuridão, Gabriela viu uma mulher retinta lindíssima com chifres de búfalo montada em um cavalo. Estava vestida de branco e carregava na mão direita uma espada de prata, foi até o leito da mãe e estendeu a mão. Dona Ana se desvinculou da matéria, subiu na garupa do cavalo, olhou para ela e sorriu, solar como sempre foi!

Parecia um tempo paralelo, foram segundos até que os geradores fizessem tudo voltar a funcionar, mas aquela cena da mulher com chifres de búfalo no cavalo branco que veio buscar a mãe, parecia ter durado uma eternidade!

As horas e os dias que se seguiram foram de Gabriela meio no automático, tomando as decisões necessárias para o funeral da mãe. Nunca tinha feito isso antes, mas dona Ana já tinha deixado tudo organizado, e Catarina só precisou entregar a ela uma caderneta com todos os telefones e nomes de pessoas responsáveis por agilizar tudo o que fora contratado e pago por ela, incluindo o contato de sua ialorixá, Mãe Maria, que precisaria fazer os atos fúnebres referentes à sua religião, pois a mãe era de Iansã e a equede dela também.

Quando Mãe Maria chegou à funerária com alguns cargos da casa para realizar os atos, Gabriela lhe estendeu a mão, que foi solenemente ignorada. Mãe Maria a abraçou demoradamente, sussurrando palavras de conforto ao seu ouvido. O calor da ialorixá e seu gesto tocaram sensivelmente Gabriela, que até aquele momento estava se fazendo de forte, mas, em seu colo farto de MÃE, ela chorou feito criança e foi acolhida!

Após ela se acalmar e depois de que tudo fora concluído, combinaram que falariam sobre Iansã só no dia seguinte e seguiram para o cemitério. O enterro seria no final da tarde.

Lá, Gabriela teve consciência de quem era a mãe e do quanto ela era querida! Tanta gente chorava mais do que ela, que chegou a ficar constrangida. Eram ônibus e vans chegando com pessoas vestidas de branco, cabeça coberta, e todas vinham cumprimentar Mãe Maria, dizendo o quanto dona Ana tinha sido especial e marcante em suas vidas — uma mulher generosa e altruísta que transformara a vida de muita gente. Gabriela sentiu que conheceu pouco a mãe e lamentou isso.

Quando começaram o cortejo para levar o corpo da mãe até a última morada, Gabriela se arrepiou intensamente ao ouvir a sinfonia de ilás, que são gritos tribais de cada Orixá, que iam chegando aos montes para acompanhar a equede. Aquelas pessoas cantavam com tanto sentimento, os ilás pareciam um lamento dos Orixás a honrar a vida que se despede do Aiyê e deixa saudade pelo impacto de sua presença por aqui, o cortejo branco ia serpenteando pelo cemitério e os cânticos ancestrais iam reverberando para além do grupo que seguia unido para devolver o corpo da equede para as terras de Nanã. Entretanto, para a surpresa de todos, na hora em que estavam descendo o caixão da mãe, uma quentura tomou conta da cabeça de Gabriela, uma tontura, uma sensação de faltar o chão. Ela começou a cambalear e, de repente, um grito escapou de sua garganta sem que ela conseguisse contê-lo... e não viu mais nada!

Quando voltou a si, ela estava deitada em um quarto que não reconhecia. Já era noite, uma vela tremulava na cabeceira, ela ouviu algumas vozes do lado de fora e, com o corpo pesando uma tonelada, levantou-se da cama ainda meio tonta e foi em direção àquelas pessoas... pelas fotos nas paredes, as máscaras africanas e demais detalhes, percebeu que estava em um terreiro.

Quando chegou até o local de onde vinham as vozes, Mãe Maria se levantou e veio a seu encontro, passou o braço por seus ombros e, acompanhando-a até uma das cadeiras na cozinha ampla, pediu para uma das mulheres trazer um prato de sopa para Gabriela.

— Dona Maria, eu desmaiei, foi?

Os presentes se entreolharam e olharam para Mãe Maria...

— Não, minha filha, você não desmaiou... Iansã tomou você, para ajudá-la a suportar aquele momento de extrema dor... é maravilhoso ver o amor do Orixá por nós!

— Como assim? Como isso é possível? — indagou Gabriela, incrédula e alterada, quase ofendida.

— Ela nunca havia passado?

— Nunca! Jamais! Eu sou ateia, Mãe Maria! Não acredito nessas crendices de vocês!

As pessoas na cozinha se esforçavam para não rir...

— Minha filha, para quem descende dessa ancestralidade, é só uma questão de tempo. Você é uma mulher preta, filha de uma mulher e de um homem de axé. Ela deu a você o seu tempo de realizar-se profissionalmente, como tanto pediu sua mãe, mas Iansã é viva em sua vida e te sustentou no momento mais difícil.

— Mas como isso é possível? Como um espírito do nada toma a minha consciência assim?

— Iansã é uma divindade, Gabriela, não é um espírito — disse séria. — Mariana, cadê o vídeo que eu pedi para gravar? Eu tinha a certeza de que seria necessário para te provar.

A equede entregou o celular para a sacerdotisa e lá estava Iansã gritando "Heyyy!", sacudindo os ombros e caminhando pelo cemitério. Gabriela olhava incrédula! Era ela, mas não era! Percebeu que a ialorixá pediu que as demais pessoas as deixassem a sós, e quando estavam apenas as duas na cozinha, Gabriela disse:

— Isso é uma montagem, não é? Vocês estão pregando uma peça em mim! É impossível que essa "coisa" tenha tomado a minha consciência!

— Escuta aqui, mocinha, eu respeito a dor do seu luto, mas dentro deste solo sagrado, você não vai chamar Orixá de "coisa". Você pode ter conduzido sua vida a pensar como branca, a morar onde pessoas brancas moram, a estudar em universidade de brancos, mas você é uma mulher preta e o mínimo que pode fazer é respeitar sua ancestralidade.

Gabriela sentiu o peso de cada palavra da ialorixá e, quando ia se desculpar, ela continuou:

— Você podia enganar sua mãe, mas a mim, ao meu oráculo e a Iansã você não engana! Você não é feliz lá fora! Você é uma mulher sozinha, não tem amigos, o marido é um zero à esquerda que não falou nem uma vez contigo desde que você chegou ao Brasil. Você quer provar o quê a quem, Gabriela? Pronto, você tem um doutorado no exterior, dá aula em uma universidade europeia, só não consegue ser respeitada pelos seus pares que são evidentemente racistas. Você trabalha muito, porque não tem com quem dividir suas folgas, e mesmo tendo condições de vir, passou os últimos nove anos distante de sua mãe. Eu imagino o tamanho do seu sentimento de culpa neste momento, mas pare com essa personagem de mulher bem-sucedida e admita que você não vê sentido na vida e por várias vezes pensou em acabar com tudo!

O choro, que começou apenas com um deslizar de lágrimas, agora era compulsivo! Gabriela não conseguia parar de chorar, seu corpo todo reverberava a cada palavra de Mãe Maria. Ela tapava os ouvidos e pedia para a sacerdotisa parar.

— Eu realmente lamento que Iansã tenha pedido para que fosse você a zelar dela, uma Orixá que sempre teve todo o amor de sua mãe e de nós, mas, depois de hoje, acredito mais ainda que ela tem um propósito em sua vida... Agora, é começar do começo: Iansã é uma divindade preta africana poderosíssima, e merece no mínimo o seu respeito.

Gabriela estava no chão, em posição fetal, com as mãos na cabeça, chorando copiosamente. A ialorixá se comoveu, sentou-se no chão, colocou a cabeça dela no colo, organizou o cabelo imaculadamente alisado da moça, secou o rosto dela com a barra da saia e disse:

— A sua verdade pessoal não está nem aí para as máscaras sociais que você inventa, minha filha, o sentimento de vazio existencial não será preenchido com títulos nem nada material que seu dinheiro possa comprar. Analisa tudo o que você vem vivendo e me diga se estou errada em algo — Gabriela acenou negativamente com a cabeça e a *ìyá* continuou: — Então, antes que você acabe com tudo o que sua mãe ajudou a construir, reveja suas prioridades, tome decisões que façam tudo valer a pena; sempre é tempo de recomeçar.

Mês passado fez um ano que isso aconteceu e muita coisa mudou na vida da Gabriela. Como Iansã pediu esse tempo de luto em memória da equede, foi o tempo que ela teve para arrumar tudo. Voltou para a França e de cara terminou o casamento, anunciou no colegiado que só trabalharia até o fim daquele ano e apressou-se para finalizar a pesquisa do pós-doutorado.

Veio para Salvador há alguns meses para entregar os documentos e fazer uma entrevista em uma faculdade onde deseja dar aulas no próximo ano, aproveitou para cuidar de Iansã e bolou — entrou em transe, caiu dura no chão e seu corpo físico girou sobre o próprio eixo — durante a Fogueira de Xangô, Orixá que é o rei do terreiro de Mãe Maria.

Oyá do Babalorixá Iabad'ji — São Francisco do Conde (BA), 2023

Durante a celebração da Fogueira de Xangô, a família de axé de Mãe Maria vai em peso para o terreiro, e foi Janice, uma das irmãs de Orixá de Mãe Maria, quem estava ao lado de Gabriela quando ela acordou do bolonã. Quando seus olhares se cruzaram, o mundo parou por um instante e Oyá e Xangô faiscaram ali a centelha de um novo amor.

Hoje foi a saída de Gabriela; agora, Dofona de Oyá! O estimado cabelo fora entregue para a Rainha dos Raios durante seu recolhimento, e no momento do orukó (nome sagrado), uma ventania invadiu a roça, derrubou coisas, bateu portas e janelas, alvoroçou os animais e revolveu as saias de Iansã, enquanto ela pulava para anunciar o orukó escolhido para a noviça.

Ao ver Iansã tão bela e altiva no barracão, Mãe Maria se emocionou, pensou no quanto sua grande amiga Ana deveria estar feliz em ver a filha iniciada. De repente, sentiu uma presença muito forte e, quando olhou para a direita, lá estava Ana, sorrindo em meio a uma intensa luz branca. Ouviu-a dizer:

— Adupé, mãe!

Mãe Maria transbordou em lágrimas e, com a profunda emoção, o rei tomou seu Orí e a tirou para dançar! Emocionados e felizes, todos viram Xangô dançar com Iansã em um ritmo frenético, exaltando o amor do Orum no Aiyê!

Epá Hey, Oyá! *Káwò ó o, kábíyèsí*!

Oyá de Juliana Sena — Lauro de Freitas (BA), 2022

Quem é Oyá ou Iansã?

Seu nome é Oyá (Ọya), já Iansã é a corruptela de um título: *Ìyá Mẹ̀sàán Ọrun* — a Mãe dos Nove Mundos. Ela gosta de cores fortes e quentes, assim como são seus sentimentos.

Oyá é Orixá valente, guerreira, altiva, linda, vaidosa e leal. Ela é conhecida como a Rainha dos Raios, dos Ventos e das

Tempestades, e é representada pela dualidade de potências: ela pode ser um búfalo ou uma borboleta, pode ser brisa morna ou furacão devastador.

Sedenta por conhecimento, Iansã tratou de aprender e absorver o máximo da potência de cada homem com quem se relacionou. Com Exu, ela aprendeu a dominar o fogo; com Xangô, ela divide o domínio sobre os raios; de Ogum, ela recebeu uma espada; de Oxóssi, o eruexim, e com ele controlou os eguns (espíritos dos mortos); e de Omolu, ela recebeu a função de encaminhá-los de volta ao Orum. Iansã jamais saiu de mãos vazias de uma relação.

Oyá Ìgbàlẹ̀, Balé ou Iansã do Balé, são aquelas Oyás que têm a missão de encaminhar os espíritos de pessoas que acabaram de desencarnar. Essas vestem branco, que é a cor do luto, e têm a missão de controlar e encaminhar os eguns. São elas que separam os mundos e garantem a continuidade da experiência espiritual. Ìgbàlè pode significar: "Lugar Sagrado"; "A Floresta Sagrada dos Mortos" ou "O Bosque Sagrado dos Ancestrais". Elas também são conhecidas como o "Vento da Morte".

Cultuada na quarta-feira, sua saudação é "*Epá Hẹy*!" (Salve o Raio!) e seus elementos são o vento e o fogo.

sa de Sávio Nascimento — Lauro de Freitas (BA), 2024

Erê General de Pérola de Ogum — Lauro de Freitas (BA), 2024

Erê

Eré

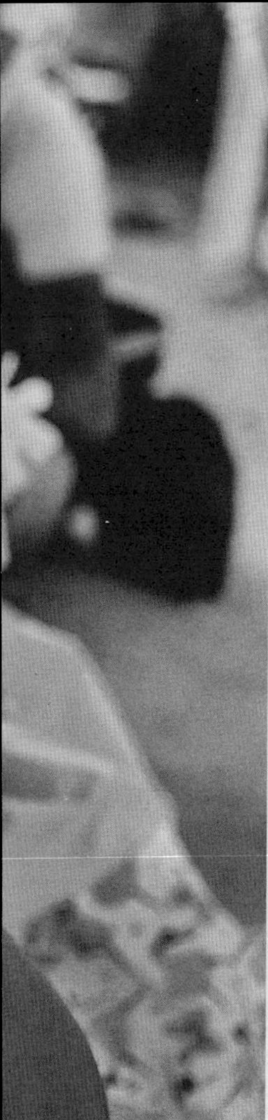

Agora não me deve nada!

Marina adentrava apressada na área interna do hospital, exclusiva para funcionários, onde deixaria a mochila no armário para pegar plantão. Ao entrar, viu o primo Caio chateado; estava vermelho de raiva, visivelmente alterado.

Mesmo estando com o horário já apertado, ela foi até ele para tentar acalmá-lo, sabia que era só uma questão de tempo até a demissão dele ser avisada, afinal, ele não cumpria horários e vacilava com as responsabilidades da função que ela havia conseguido para ele. Caio era uma pessoa de difícil convivência.

— O que houve, primo?

— Esses malditos! Eu estou com as contas altas neste período, como vou ficar agora? Eles me demitiram por justa causa, Marina! Aquele imbecil que me tirou do sério não vai ser demitido; se eu soubesse, teria batido mais! Mas eu vou enfiar um processo neles!

— Caio, tenta se acalmar, tudo aqui tem câmera, você sabe que deveria ter se controlado em relação ao seu Carlos, independentemente do motivo, ele é um senhor e tem problema em um dos braços. O hospital não tinha alternativa, a não ser sua demissão.

— Você é minha prima, para de defender essa corja!

— Primo, amanhã tem gira lá no terreiro, por que não vai tomar um passe, relaxar a cabeça? De repente, te faz bem, te ajuda a melhorar a vibração, e isso com certeza te ajudará a conseguir um novo trabalho.

— Você acha que eu tenho cabeça para terreiro, Marina? — disse ele, atirando a farda no chão.

— Cara, é festa de Erê! E eles são danados para resolver esse tipo de demanda. Aparece lá! Será às dezenove horas. Agora, preciso ir, senão seremos dois demitidos! Fica bem! — disse ela, abraçando o primo, mesmo com a resistência dele. — Para de ser mal-humorado! Levanta essa cabeça e sai daqui logo, antes que você se encrenque mais!

O hospital inteiro só falava nisso, e Marina morria de vergonha da boçalidade do primo, que havia mudado tanto na fase adulta, estava tão diferente do menino doce e protetor com quem ela fora criada. Aquele que por ter nascido com a pele mais clara, olhos azeitonados e cabelo anelado, não era alvo de racismo na escola e sempre a protegia dos ataques dos colegas, hoje nem se enxergava como negro, chegando a emitir falas racistas bem problemáticas, inclusive expressando alguma vergonha da cor retinta da pele da mãe, aquela que sempre lutou sozinha para criá-lo, pois o pai, louro de olhos azuis, se recusou a assumi-lo e os abandonou.

O racismo convenceu-o de que ele, um negro de pele clara, era melhor que a maioria das pessoas indiscutivelmente negras da comunidade onde foram criados, pois esse mesmo racismo bate diferente nas pessoas que "não são tão pretas assim" e, para piorar, muito novinho, ele desenvolveu um corpo robusto de musculatura admirável, e a hipersexualização de um adolescente com corpo de homem, fenótipos negros, mas com a pele suficientemente clara para ter uma passabilidade branca, tornaram-no muito disputado entre os predadores sexuais.

É preciso ser muito forte para resistir às tentações do dinheiro quando se vive em escassez, mesmo quando a mercadoria a ser vendida é o seu corpo e a sua paz. Enquanto Marina fazia uma jornada sacrificante para trabalhar, fazer cursinho e depois a tão sonhada faculdade de fisioterapia, Caio era distraído pelos "benefícios" que seus músculos desenvolvidos e seus olhos esverdeados lhe traziam.

Hoje, aos quarenta anos, enquanto Marina havia se tornado uma renomada fisioterapeuta hospitalar e professora universitária, quase concluindo o pós-doutorado, Caio trabalhava como segurança, vivia de emprego em emprego, e a lembrança do tempo em que sua aparência e juventude bastavam para lhe abrir portas não o deixavam ter maturidade e disciplina para construir uma carreira profissional, o que tornava bem difícil a sua própria vida e a dos dois filhos que tivera com mulheres diferentes.

Fazia tempo que Marina tentava convencê-lo a se cuidar espiritualmente, sua vida desregrada e cheia de vícios atraia obsessores que só pioravam sua situação de descontrole emocional. Ao longo do dia, conseguiu convencê-lo a ir com ela ao terreiro e, na noite seguinte, passou para pegá-lo na casa da tia, mulher sofrida, que até hoje acabava tendo que resolver os problemas deixados pelas más escolhas do filho.

Durante todo o percurso até o terreiro, Caio reclamou de tudo e de todos — quando não estava reclamando, estava admirando o novo carro de Marina.

— É, prima, você teve sorte na vida! Olha essa nave! Conta aí quem foi o *barão* que te deu de presente? Adoro esse cheiro de carro zero!

— "Sorte", Caio? Eu trabalho desde os treze anos... enquanto eu trabalhava e cursava a universidade, tinha de escolher se comia ou se voltava para casa de ônibus. Abria mão de comprar um tênis novo para comprar os livros de que precisava e passava cola no solado do calçado antigo. Lutei para fazer graduação, mestrado, doutorado, concurso na Federal e você vem me falar de "sorte"? Não tem *barão* nenhum, a *baronesa* aqui sou eu!

— Passou sufoco porque quis, priminha, você sempre foi gostosa, meus contatos sempre quiseram você, mas você não facilitava, podia ter tido uma vida bem mais tranquila...

— Como você, Caio? — Ele abaixou a cabeça e olhou a paisagem pela janela do carrão importado da prima. — O dinheiro vai testar a gente de várias formas, é realmente difícil resistir, principalmente para pessoas que vêm de onde nós viemos, e você não passou no teste. Você vendeu sua juventude por tênis de marca, roupa cara, balada maneira, e não fez nada mais do que usufruir dessa ilusão. Não se preparou para o futuro, não pensou que mesmo sendo um homem bonito hoje, você não tem mais a juventude que encanta os predadores sexuais, e o que sobrou de você? Um cara amargo, explosivo, irresponsável, que faz péssimas escolhas e sacrifica a vida da sua mãe, que está sempre arcando com as confusões e dívidas que você faz, e a dos seus filhos, que passam privações iguais às que você passava. Criticou tanto seu pai, mas você se tornou uma cópia piorada dele.

Mesmo com o rosto virado para o outro lado, Marina pode perceber que suas palavras o tocaram profundamente, e ele fazia o possível para controlar as lágrimas que insistiam em umedecer seus olhos.

Marina estacionou o carro e, em silêncio, eles entraram no terreiro. Ela o deixou sentado na assistência e entrou para se preparar para a festa. Ela nunca tinha dito tudo o que pensava sobre a condição de Caio, não por falta de coragem, mas por pena — como diz o dito popular, seria como "chutar cachorro morto" —, mas dizer que era sorte o fruto de sua jornada exaustiva era demais, só mostrava como sua mente era alienada.

Sua namorada, Suzana, já estava no terreiro. Como ela era equede, e não entrava em transe, pediu que ela encaminhasse Caio para falar com Trilho, como Pedrinho gostava de ser chamado, assim que possível — tinha receio de ele desistir e ir embora. E Marina estava certa, ele estava impaciente. Durante todo o xirê, ele permaneceu ao celular e só vez ou outra levantou os olhos — era evidente que apenas o corpo dele estava lá.

Pedrinho foi um dos primeiros Erês a chegar. O jeito travesso, alegre e o típico assovio com os dedos na boca chamaram a atenção de Caio, que tirou os olhos do celular para ver de onde vinha o som. Assim que terminaram os atos rituais dos Erês, Suzana chamou o primo da namorada e o encaminhou para perto do Erê.

Caio logo fez cara de deboche ao ver a prima, sempre tão séria e profissional, com três chupetas de uma só vez na boca e um boné com hélice de helicóptero no alto, mas antes que pudesse fazer qualquer comentário ácido, Pedrinho disse:

— "Dupai", não é o senhor que quer se matar, é esse bicho feio que está pendurado nesse ombro — disse, apontando para o esquerdo —, e fica falando sobre isso o tempo todo na sua orelha, por isso fica ouvindo esse apito.

O sorriso debochado morreu nos lábios de Caio. Como Marina sabia dos seus pensamentos suicidas? E sobre o zumbido no ouvido esquerdo? Ele nunca tinha comentado com ninguém!

— Eu vou te ajudar, não se preocupe! Ah, eaqui não é a Marina, agora é o Trilho no comando — disse ele, brincalhão como sempre.

— Já que quer me ajudar, me arruma um emprego bom, faz eu conseguir uma moto, eu quero mudar de vida, aí eu vou acreditar em você — rebateu Caio, ainda desconfiado.

— Tá bom, mas se eu der tudo isso, o que eu vou ganhar?

— Com o dinheiro do primeiro salário, eu trago um bolo grandão enfeitado com seu nome e refrigerante de laranja. Se eu ganhar a moto, compro um Ferrorama grandão para você! — afirmou, ao ver dois trenzinhos pequenos entre os brinquedos dele, entendendo que esse era um de seus interesses. Então, Trilho pegou uma bolacha recheada de morango, molhou na caneca que tinha refrigerante, colocou na palma da mão direita e falou:

— Trato feito, aperta aqui! — Caio fez cara de nojo quando a bolacha amolecida se esmagou entre as mãos deles. Olhando bem dentro dos olhos dele, a criança falou: — Eu vou fazer a minha parte, mas se o senhor não cumprir a sua, eu tomo de volta! Fechado? — Caio balançou a cabeça afirmativamente. — Agora, come o biscoito!

Era impagável a cara de nojo de Caio, tendo que comer a meleca que virou aquela bolacha molhada, enquanto Pedrinho lambia a própria mão e lhe passava a indicação de alguns banhos de folha e oferendas simples que precisariam ser feitas para impulsionar a materialização dos desejos dele.

Quando amanheceu, Caio contou para a mãe como foi no terreiro e sobre os banhos indicados pelo Erê de Marina. Como tinha tudo em casa, ela foi logo fazer um deles, e mesmo incrédulo, como a mãe teve o trabalho de fazer, Caio foi tomar o tal banho de abre-caminho e estranhou o arrepio que sentiu quando aquele chá com a mistura de ervas e elementos tocou sua cabeça.

Ficou mais incrédulo ainda quando, mal tinha acabado o banho, o celular apitou avisando sobre a chegada de uma mensagem: era um colega das antigas, perguntando se ele queria uma vaga de chefe de segurança de uma das boates mais badaladas da cidade. Ficou superfeliz, respondeu ao áudio do colega imediatamente e foi dar a notícia para a mãe.

— Mãe, o Renatinho tá me indicando para a vaga de chefe da segurança lá da boate do primo dele, agora sim uma posição de prestígio! Que sorte a minha!

— Sorte? Sua sorte tem nome: Trilho!

Parecia que um sino havia soado dentro da cabeça de Caio. A tomada de consciência de que poderia ser a reverberação da consulta com o Erê foi um choque para a incredulidade dele.

— Não acredito que você não associou essa bênção recebida ao Erê, Caio!

— Ai, mãe, nada a ver! Imagina... rápido assim? Eu acabei de tomar o banho...

— E você acha que ele começou a cuidar disso só agora com o banho que, aliás, fui eu que preparei, nem foi com suas mãos e sua energia? Ele não te fez apertar a mão dele e comer o biscoito molhado de refrigerante? Pois é, meu querido, o processo já começou ontem, as crianças são rápidas! Lembra quando eu tive aquelas crises de vesícula e não conseguia vaga para me internar em plena pandemia? Trilho me atendeu na casa da Marina. No dia seguinte, o leito surgiu e eu operei em dois dias.

Ainda com uma expressão incrédula, Caio ficou pensando sobre o assunto, como se ele estivesse sendo coagido a dar os créditos ao Erê. Mas poderia não ser! E se não fosse, ele não devia nada ao Erê. Resolveu enviar um áudio para o colega:

— Renatinho, estou muito feliz por você ter se lembrado de mim! O que te fez lembrar do meu nome, e quando foi? — Depois, olhou para a mãe e disse: — Vamos tirar a dúvida...

Quando a resposta chegou, imediatamente, Caio ouviu-a no viva-voz junto da mãe:

— Grande Caio! Foi ontem a noite enquanto eu estava na casa do meu primo e ele estava me perguntando se eu conhecia alguém de confiança para essa função, fiquei pensando e, de repente, quando eu mordi um biscoito recheado de morango, seu nome veio à mente... devia ser umas 23h.

Caio sentiu as pernas amolecerem, o corpo se arrepiar todo e só ouviu a gargalhada da mãe...

— Estou te falando! Sua sorte tem nome e sobrenome: "Trilho de Ogum", como ele se denomina. O menino é danado!

— É, vou ter que providenciar tal bolo grande decorado com o nome dele!

Ambos riram, ele se arrumou e foi ao encontro do novo patrão. Foi tratado com todo o respeito, um salário muito superior ao que tinha imaginado mais todos os benefícios trabalhistas, carteira assinada, plano de saúde para ele, os filhos e a mãe, realmente o emprego dos sonhos.

Caio saiu de lá todo feliz, ligou para Renatinho para contar as novidades. O colega disse que estava pelo bairro e eles se encontraram no bar do seu Domingos, tradicional da região. Estavam lá brindando, petiscando, quando foram interrompidos por uma das moças que vendiam rifa ali no bairro — uma mulher muito bonita, de sorriso encantador, para quem Caio já lançou um flerte.

— Você é nova no bairro? Nunca te vi por aqui.

— Sou prima da Jacinta, vim para estudar na Federal, estou morando na casa dela por enquanto.

— Jacinta é minha amiga das antigas! Nunca me disse que tinha uma prima tão linda quanto você.

— Obrigada! — Juliana sorriu encabulada e viu ali a situação ideal para vender os últimos números da rifa. — Olha só, tenho aqui só mais dois números para fechar a rifa, o sorteio é hoje pela Loteria Federal, você pode me ajudar?

Caio, encantado com o sorriso da morena, perguntou o preço de cada número, tirou o celular e disse que só compraria se ela desse o número do celular dela para ele. Ela concordou e ele fez o Pix. Chamou a garota e a amiga para se sentarem com ele e Renatinho, e ali passaram algumas horas, até que as meninas se despediram.

Não passou muito tempo e o dono do bar alertou Caio de que o sorteio da Loteria Federal iria começar. Então, ele tirou os canhotos que tinha guardado na capinha do celular e se tocou de que nem sabia qual era o prêmio da rifa; afinal, ele só queria o celular da moça. Mas quase se engasgou com o gole de cerveja quando viu número por número se confirmando na tela da TV! Um dos bilhetes dele era o premiado. Quando ele virou o bilhete, deu-se conta de que a rifa era de uma moto! Caio gritou, pulou, abraçou o colega, o dono do bar — estava incrédulo! Até que o celular tocou e era Juliana, confirmando que ele era o grande ganhador da moto.

Caio chegou em casa bem tarde, a mãe já estava dormindo. Ele estava eufórico! Sentou-se no sofá, abriu uma cerveja e ficou pensando na sorte que teve, em como se sentia leve e feliz como há muito tempo não conseguia. Trilho veio como um raio em seu pensamento, o sorriso arteiro que nem parecia o da prima, mas sua pouca fé novamente colocou em dúvida mais aquele feito do Erê.

O dia seguinte foi repleto de mais alegrias. Retiraria a moto que já veio com um capacete supermoderno, almoçaria com Juliana e iria de moto para o primeiro dia no novo trabalho. Parecia que enfim a vida estava entrando nos eixos.

Após duas semanas, a mãe de Caio foi visitar a irmã, a mãe de Marina, e um pouco antes de ela ir embora, Marina chegou. Conversaram alegremente e a tia agradeceu muito a ajuda da sobrinha, contou sobre o emprego de Caio, a moto, a nova namorada e que ele estava mais feliz, e de alguma forma mais leve e sereno, não vivia explodindo por qualquer coisa.

— Nossa, tia Maria, e o Caio nem me ligou para falar sobre tudo isso.

Dona Maria morreu de vergonha da falta de gratidão do filho. Pediu desculpas em nome dele e teve que ouvi-la dizer:

— Tia, eu só espero que ele cumpra o que prometeu a Trilho. Com Erê não se brinca, e a Suzana falou que o menino nem pediu nada, foi ele que ofereceu. Aliás, é algo que ele resolve facilmente.

Era começo da tarde quando Caio acordou no dia seguinte, pois chegava de manhãzinha em casa por causa do trabalho na boate, e enquanto ele batia a vitamina antes de ir para a academia, dona Maria perguntou a ele por que não tinha ligado para a prima para agradecer por todas as bênçãos que recebera após ter passado em consulta com Trilho, e Caio respondeu bem entediado:

— Oh, mãe, ainda essa história? Como é que eu vou saber se isso tudo não foi apenas sorte, e não intervenção desse menino morto? Em todo caso, quando eu receber, eu vou comprar o bolo dele e levar, fica tranquila.

— Aliás, você já fez o seguro dessa moto? Ela fica aí na rua, não temos garagem...

— Que nada, mainha, ninguém mexe em nada meu aqui na comunidade... seguro de moto é muito caro.

E assim passaram-se três meses. Uma semana após o terceiro salário cair na conta e Caio dar mais algumas desculpas para não cumprir nem a primeira parte do combinado com o Erê, do nada, Juliana enviou uma mensagem para ele pedindo um tempo, dizendo que não estava com a cabeça boa para se relacionar sério com ninguém no momento, que ela tinha acabado de chegar à cidade e já tinha se prendido a ele. Caio não recebeu nada bem aquela rejeição, houve uma discussão acalorada e os dois terminaram.

Ele ficou muito abalado com o término, Juliana era uma mulher incrível e o havia conquistado de verdade, ele estava realmente apaixonado por ela, e o estranho é que ele sentia que era recíproco — como era possível que a cabeça dela tivesse mudado tanto de um dia para o outro?

Chateado e impaciente, acabou arranjando encrenca com um colega no trabalho, justamente o braço direito do patrão, alguém que não gostava do jeito arrogante e autoritário dele.

Não demorou muito e o patrão enviou mensagem pedindo que Caio chegasse uma hora mais cedo no dia seguinte para conversar com ele antes de começar o expediente... Quando ele terminou de ler a mensagem, ouviu o assovio de Trilho! Chegou a olhar para os lados, de tão nítida a sensação de que o Erê estava ali!

Automaticamente, enviou mensagem para Marina, perguntando quando poderia levar o bolo de Trilho. Ela respondeu algumas horas depois, já era madrugada, dizendo que não haveria mais função no terreiro naquele mês, pois tinha sido naquela noite, e ela tinha acabado de chegar de lá, mas dada a situação, se ele quisesse, poderia levar no começo da tarde, já que era folga dela e Suzana também estaria lá.

Um pouco depois do almoço, o interfone tocou no apartamento de Marina, era Caio, ele entrou trazendo um desses bolos simples de buraco no meio que se vende por menos de vinte reais em qualquer mercado, e um refrigerante de 600 ml do mais barato.

Suzana trocou olhares com Marina, tentando se segurar para não ser rude, pois achava injusto tudo aquilo, mas quando ele colocou sobre a mesa como se estivesse fazendo um favor e fez menção de ir embora, ela não aguentou e disse:

— Caio, você prometeu um bolo grande, com o nome dele na decoração, com o seu primeiro salário. Ele te deu um ótimo emprego já no dia seguinte, e após três salários você aparece aqui com um bolo como esse, sem cobertura, sem enfeite, sem o nome dele e sem carinho? E esse "refrigereco"? É isso que Pedrinho merece após todas as coisas boas que ele trouxe para você? O que será que começou a dar errado para você estar com pressa de "cumprir o que prometeu"? Poderia ao menos ter cumprido direito; é muita falta de gratidão da sua parte!

A face dele ruborizou, sabia que ela estava certa, mas se destemperou e foi rude com Suzana. Enquanto os dois discutiam, Marina estava passando mal, ela sentia a radiação de Trilho, mas era como se ele não quisesse passar, não quisesse esse contato com o devedor, mas ao vê-lo se exaltando com Suzana, Ogum se manifestou no Orí de Marina e deixou passar o Erê, que pegou o bolo, espatifou na cabeça de Caio, deu um assovio alto e ficou rindo.

— "Dupai", o senhor não é legal e não cumpre suas promessas, eu avisei para não quebrar nosso trato... já que não valoriza tudo o que te dei, eu vou me afastar do senhor e permitir que sua energia acabe com tudo, porque eu nem preciso fazer nada, o senhor faz isso sozinho!

Trilho então deixou o corpo de Marina abruptamente. O clima estava tenso no ambiente, o apartamento amplo da prima parecia minúsculo diante da vergonha dele. Caio saiu dali antes mesmo de ela ter condições de dizer algo, enquanto as palavras do Erê reverberavam em sua cabeça.

Marina era uma médium inconsciente, mas Trilho lhe permitira ver e ouvir tudo, ela estava sem acreditar na irresponsabilidade de Caio.

— Desculpa, amor, você não merecia passar por isso.

— Marina, eu que me desculpo por ter perdido a paciência, mas foi muita sacanagem da parte dele, e eu tenho dó do que está por vir... Trilho está muito bravo!

— E as pessoas acham que é o Erê que faz alguma maldade para que as coisas desandem, mas nem precisa, basta ele se distanciar, porque é a proximidade e a interferência positiva deles que atraem e resolvem as coisas de maneira favorável. Quando eles se distanciam, é como se a pessoa ficasse por conta da própria vibração, que, se precisou procurar uma entidade para pedir algo, não estava dando conta de resolver sozinha.

— E seu primo é prova viva disso!

Caio chegou na boate para a reunião com a fala ensaiada para tentar amenizar a confusão causada na noite anterior, mas se destemperou com as argumentações justificadas do patrão. Sempre que se sentia encurralado, ele se tornava petulante e agressivo.

— Caio, eu chamei você aqui somente para te fazer uma advertência, mas por conta de sua arrogância e de seu destempero, você não me deixa alternativa, senão a demissão. Eu estava tentando segurar sua permanência mesmo com todas as reclamações dos seus excessos por parte dos seus subordinados, fora a indisciplina, os atrasos constantes, e até a reclamação de algumas amigas minhas, que são clientes da boate e que me disseram que se sentiam incomodadas com a forma como você olhava para elas, então a gente para por aqui.

— Chefe, foi o tal do Carlão que foi sujar meu nome para você, não foi? Olha só...

— Não se trata de alguém "fazer sua caveira", de "sujar seu nome"... você mesmo faz isso, Caio, ninguém precisa fazer nada. Eu ia pedir para você cumprir aviso prévio até que encontrássemos outro profissional, mas com você assim, não haverá clima com a equipe, então peço que você pegue suas coisas e vá para casa. Eu vou pagar todos os seus direitos, inclusive o mês do aviso prévio, sem que você precise trabalhar, mas preciso manter a harmonia entre meus colaboradores. Amanhã, você pode falar com a Sofia do RH e resolver tudo com ela. Pode sair agora.

— Isso é injusto! Só porque é rico acha que pode me tratar feito lixo? Seu miserável! — disse Caio, vermelho de raiva e apontando o dedo indicador em riste para o agora ex-patrão.

O homem se levantou da cadeira, apoiou as mãos na mesa, e com a mesma voz serena de sempre, que contrastava com o homem robusto de quase dois metros de altura, disse:

— Está vendo aquelas medalhas e troféus ali naquele armário? Jiu-jítsu, capoeira, muay thai, tiro, você acha mesmo que eu tenho motivos para ter medo de você, Caio? Acredito que não. — E tirou um pequeno gravador de voz que estava bem disfarçado em uma escultura sobre a mesa, deu *play* por alguns segundos, parou e continuou a falar: — Aqui está, eu

Erê Ventania de Ana de Oyá — Lauro de Freitas (BA), 2024

tenho provas que em nenhum momento eu humilhei ou ofendi você, pelo contrário, estou dando direitos que você nem tem, justamente para que finalizemos nosso ciclo da melhor maneira possível, pois já que dinheiro para mim não é problema, eu sempre prefiro pagar pela minha paz. Agora, saia daqui; eu realmente não entendo o que eu tinha na cabeça quando admiti você na nossa equipe.

Caio chegou ao estacionamento ainda tentando segurar as lágrimas, colocou o capacete e saiu de lá o mais rápido possível. Enquanto trafegava pelas ruas, pensava em tudo o que tinha acontecido desde o dia anterior. Parou em um boteco qualquer, pediu uma garrafa de conhaque e a bebeu enquanto tentava se acalmar — não podia chegar em casa daquele jeito.

Uma hora depois, saiu do bar, estava bastante alterado, e na moto gritava revoltado:

— Tudo por sua causa, moleque remelento! Eu odeio você, Trilho! Se você não estivesse morto, eu te matava!

Até que a moto começou a falhar e do nada parou. Ele desceu e teve que empurrá-la por uns dez minutos, mas quando estava passando bem em cima da linha do trem ele não conseguiu mais tirá-la dos trilhos, meio bêbado, atordoado, tentava empurrar a moto, mas era como se houvesse um ímã muito forte que não o permitia tirá-la dali, e, para seu desespero, começou a ouvir o apito do trem de carga se aproximando. Aquilo parecia um pesadelo, não podia ser verdade!

— Para! Para! A minha moto! Para!

Ele berrava a plenos pulmões, mas não era ouvido por causa do barulho do trem. Completamente desesperado, ele se sentou perto do muro, abraçou os joelhos e chorou feito criança com o som estridente do metal da moto sendo amassado e arrastado nos trilhos pela locomotiva.

E quanta ironia do "destino"! Perdeu o último presente do Erê bem na linha do trem. No mesmo instante, ele ouviu nitidamente Trilho falar dentro de sua cabeça:

— Agora você não me deve mais nada! — E a voz dele sumiu em meio à gargalhada arteira que reverberaria por um bom tempo na vida despedaçada de Caio.

Como a sabedoria de terreiro diz: deva a dez Exus, mas não deva a um Erê!

Erê Pingo de Ouro do BabalOrixá William de Araká — Lauro de Freitas (BA), 2024

Quem são os Erês?

São espíritos de crianças que receberam a missão de serem mensageiras dos Orixás. Representam nossa conexão com nossa criança interior. Durante todo o processo iniciático, cerca de oitenta por cento do tempo são os Erês que tomam a consciência do iaô e aprendem as rezas, as cantigas e as danças, e apenas em momentos específicos dos ritos os Orixás se manifestam. Além disso, são responsáveis por deixarem as mensagens das divindades e entidades e explicar o que o Orixá não conseguiu dizer. A palavra "eré" significa "brincar" em iorubá.

Só quem já ouviu suas verdades misturadas com brincadeiras de boca cheia, levando uma bala de um lado para outro da boca enquanto equilibra uma chupeta, sabe como os conselhos dos Erês são diretos, apesar de todas as metáforas.

Sabedoria ancestral na lembrança existencial de crianças. Força e sensibilidade no mesmo movimento de alegria. Porém, faça o que for: só não prometa nada que não possa cumprir! Deva a Exu, mas não deva a um Erê! Eles têm uma criatividade para fazer você se arrepender por enganá-los, que pode ser uma péssima ideia fazê-lo. Prometeu? Cumpra! Sai mais barato!

Cultuados no domingo, sua saudação é "*Eré mi*!" (Salve as crianças!) e seu elemento depende do elemento do Orixá a que eles estão ligados.

m de Fabiana Veppo — Santos (SP), 2018

PARA QUE EXISTA TODO O RESTO, É PRECISO EXISTIR OXUM!

Oxum da ialorixá Patrícia de Oxóssi — Salvador (BA), 2

Oxum

Ọṣùn

Oxum quis a vida

— Dofona de Oxum, sai de perto dessa água, menina!

— Ah, mãe!

— Vai ajudar Mãe Janice a picar os quiabos para o amalá.

— Poxa... isso não termina nunca?!

Já era final da tarde, o céu estava com uma luz bonita e o calor era aplacado por uma brisa suave e constante. Mãe Janice estava sentada em uma sombra bem de frente à cozinha. Na esteira, havia mais quatro iaôs picando verduras e descascando coco.

Mãe Janice era uma verdadeira griô, e sempre havia pessoas de todas as idades ao seu redor dela para aprender sobre o Axé e a vida.

Yeda chegou pisando duro, os bracinhos cruzados, a testa franzida e a barra da saia molhada.

— Estava brincando na fonte de Oxum de novo, minha filha? — perguntou Mãe Janice.

— Uhum — respondeu a pequena, meio sem graça, com os olhos mirando o chão.

— Sabe que não deve ir para lá sem uma pessoa adulta por perto, não é?

— Uhum — balançou a cabeça assentindo, ainda mais constrangida. — Desculpa, *ìyá*, não sei o que acontece... quando vejo, já estou lá... eu me sinto tão bem perto dela...

— Eu sei, filha... e, por isso mesmo, você não precisa ir até lá sozinha.

— Mas por quê, mãe? Eu sempre pergunto e nunca me contam o porquê!

A matriarca olhou para as iaôs e pediu que elas continuassem picando as verduras lá na cabana do Caboclo. Assim que as meninas saíram, Mãe Janice pediu que Yeda colocasse o apoti na frente de sua cadeira e começou a falar:

— Filha, informação é que nem uma fruta, ela é boa no tempo certo. Se você sabe antes do tempo, antes de amadurecer o suficiente, pode ser amarga demais e ser desperdiçada; e, se chega passado o tempo certo, pode fazer um mal irreversível. Acho que chegou o seu tempo...

Fez uma pequena pausa e continuou:

— Filha, você já ouviu falar em abiku? — a menina acenou negativamente com a cabeça, e a *ìyá* prosseguiu: — De forma bem simples para que você entenda, abikus são crianças que nascem com o propósito de morrer logo, ainda crianças, e isso faz com que essas crianças corram vários riscos, na tentativa inconsciente de cumprir essa promessa feita às outras crianças abiku que estão no Orum, de que viriam para cá, mas voltariam logo para casa, para o Céu.

— Nossa, *ìyá*! Por isso que algumas crianças morrem ainda bebês?

— Algumas nem chegam a nascer, filha. Outras, como você, passam a infância em risco.

— Eu sou abiku, Mãe Janice? — disse a menina se levantando do apoti.

— É, sim, meu amor — afirmou, colocando a bacia de quiabos na mesinha ao lado e abrindo os braços para acolher a pequena que acabara de entender a gravidade da sua condição. — Você não está sozinha, filha! Mas você está fazendo dez anos hoje e deve aprender a se preservar, a se proteger. Por isso, a casa toda está em função, para agradecer a sua vida! Porque você é muito importante para a nossa egbé. Sua mãe fez a promessa de que, até os seus 21 anos, todos os seus aniversários seriam em gratidão aos Orixás, em especial a Oxum, dona do seu Orí, nossa Rainha Dourada, que não deixou que você voltasse tão cedo ao Orum.

A menina permanecia de pé, de mãos dadas com a matriarca do clã de Oxum, que, olhando fixamente para os olhos dela, continuou:

— Por isso, todos os seus aniversários são aqui na roça, com comida seca, com reza, com atabaques, com bolo também, mas seus convidados são os Erês.

— Eu adoro os Erês, *ìyá*! — disse Yeda sorrindo, mas rapidamente o sorriso se desfez e ela voltou a perguntar: — Mas o que aconteceu comigo, mãe?

Oxum da Iyá Ojuomin — Salvador (BA), 2018

— Na festa do seu aniversário de dois anos, seus pais alugaram essa chácara ao lado. Sua mãe estava na sala enchendo os balões, seu pai havia saído. Você acordou, desceu do colchão, viu a porta entreaberta e fugiu para o quintal.

"Sua mãe começou a ver um facho de luz entrando pela janela, como se alguém com um espelho estivesse refletindo a luz do sol. Foi quando ela viu uma mulher preta, vestida de dourado e uma cascata de contas cobrindo o rosto. Ela deu um grito, assustada, e a mulher estendeu a mão com o espelho apontando para o fundo da piscina. Sua mãe correu até o quarto, viu que você não estava no colchão, quando viu a porta aberta, correu em desespero em direção à piscina..."

— *Ìyá*, eu me afoguei, foi? — indagou Yeda, com os olhinhos marejados.

— Oxum estava dentro da piscina e te segurava nos braços, filha! — A *ìyá* também chorava. — Seu corpinho já estava molinho, sua mãe se jogou na piscina e Oxum entregou você a ela, dizendo para trazê-la para cá.

"Aqui na roça era dia das Iabás. De repente, minha Mãe Oxum me pegou e todos os Orixás dos seus irmãos chegaram, as equedes e os ogãs contam que os Orixás já estavam no portão quando sua mãe chegou com você desacordada nos braços, ela gritava desesperada. Minha Oxum pegou você no colo e todos os outros fizeram um círculo em torno de nós. Oxum fez você pôr para fora a água que havia engolido e todos choraram junto de seu choro no colo dela. Oxum quis a vida, filha!

"No seu aniversário de três aninhos, foi a sua saída, a iaô mais linda que essa roça já viu! Quando a minha Mãe Oxum gritou o nome da sua, com você no colo, sua mãe bolou e Oxalá foi recolhido.

"É por esse motivo que você precisa ter um cuidado redobrado, principalmente com a água. Você é muito especial para nós, precisamos que você se defenda de você mesma, entende?"

— Agora que eu sei a verdade, prometo que vou me cuidar, *ìyá*! Adupé! Eu amo a senhora!

As duas ficaram abraçadas, em lágrimas, agradecendo a vida a Oxum.

Yèyé o![1]

1 De acordo com o *Dicionário yorubá-português*, de José Beniste (Bertrand Brasil, 2019), "yèyé" quer dizer "mamãe"; e a partícula "o" é usada para enfatizar frases exclamativas. [NE]

Oxum de Gabriela Yeyeolebun — Arembepe (BA), 2024

Quem é Oxum?

A doçura mais perigosa atende pelo nome de Oxum!

Oxum é a Rainha das Águas Doces, dos rios e cachoeiras, senhora do amor, da riqueza e do ouro. É a representação da beleza, da inteligência e do poder feminino, e isso se evidencia na maioria dos seus itãs, seja quando acaba com um exército inteiro de invasores sem derramar *ẹ̀jẹ̀*, seja quando seca tudo, — rios, chuva, úteros — ao ser ignorada. Só depois de se desculparem com Ela, a vida volta a ser fértil — é onde se vê a relevância de sua astúcia.

Apesar de ser lembrada por sua beleza e amorosidade, assim como com as águas que rege, qualquer deslize pode custar uma vida. Sem água não há vida e, para que haja água, é preciso que Oxum esteja feliz.

O templo de Oxum fica nas margens do rio Oxum, situado no Estado de Oxum, no sudeste da Nigéria, e é um ponto de peregrinação e atração turística popular, principalmente durante o mês de agosto, quando acontece o festival anual em honra a essa belíssima divindade.

Ialodê das águas de Ijexá, ao mesmo tempo doce, ao mesmo tempo linda, ao mesmo tempo letal! Carrega nas mãos as joias douradas que reluzem ao sol, em sua pele preta que se adorna de ouro e brilha. Nos caminhos d'água que Oxum trilha, a fertilidade mina do chão com tesão e astúcia. Oxum caminha delgada e ondulante, pele viva de tanta beleza.

No espelho das águas, existem mistérios que só uma alma aquosa é capaz de decifrar. Oxum mora dentro e fora de tudo o que é vivo e faz a vida existir, pois para que exista todo o resto, é preciso existir Oxum!

Não se engane com o sorriso mais doce, mel também queima!

Cultuada no sábado, sua saudação é "*Ọrẹ Yèyé o!*" ("Ó, Mãezinha dadivosa/ benevolente!") e seu elemento é a água.

Iemanjá de Iyakekerê Onisajé — Primeira cobertura de terreiro — Alagoinhas (BA), 2013

Iemanjá de Cissa Ornelas — Arembepe (BA), 2024

Iemanjá

Yemọjá

A menina das águas

Seu João estava desesperado. Segurava a mão suada da esposa, que lhe apertava até perder as forças. Seu choro se misturava aos gritos que teimavam em sair mesmo quando ela tentava contê-los. As lágrimas se misturavam ao suor; a pele muito clara, que estava tingida de vermelho, de repente começou a empalidecer. Ela sangrava muito. A parteira já não conseguia disfarçar a preocupação e o olhava com olhos desistentes.

Agoniado, ele soltou a mão da esposa e saiu por um instante do quarto, foi até o armário de madeira e de lá tirou uma pequena vela que acendeu em um pratinho branco. Em torno dele, colocou a conta azul translúcida que brilhava com a chama da vela. Seu João, homem simples, chorava e rezava para a Rainha das Águas salvar sua esposa e a criança, e, sendo menino ou menina, seria Ela, Iemanjá, a madrinha!

Neste momento, ouviu a parteira gritar:

— Corre, seu João... a criança coroou!

Seu João chorava e sorria, agradecendo à sua rainha. Bateu sua testa no chão e correu para dentro do quarto a tempo de ver a menina escorregando para fora do corpo da mãe com o cordão azulado enroscado no pescoço. Em meio a uma poça de sangue, a vida se fazia firme no choro forte da menina!

Em pensamento, agradeceu à sua Rainha! Seu João era filho de Omolu e ogã de Iemanjá, e sabia que naquele momento a Mãe jamais lhe faltaria. Ele pegou a menina no colo envolta no tecido branco, olhou em seus olhinhos astutos e disse:

— Você vai se chamar Janaína.

A esposa, muito cristã, se zangou com seu João, queria que a filha se chamasse Maria das Virgens e que um dia fosse para um convento — achava bonito ter filha religiosa. Proibia que seu João levasse a menina para "aquele lugar" onde os tambores tocavam... Ela tinha medo, aqueles toques "nunca lhe fizeram bem", deixavam-na tonta.

Janaína era uma criança linda de pele preta, pouca coisa mais clara que a do pai, o cabelo escuro e anelado, bem comprido, era um mistério, por mais que se cortasse o cabelo da menina, quando se percebia, novamente ele já estava abaixo da cintura. Janaína amava as águas, se encantava até com a torneira aberta. Por algum motivo, dona Rita tinha medo e vivia evitando que a criança fosse para perto do rio ou do mar — o coração chegava a desandar.

Bem no dia do aniversário de Janaína, dona Rita foi chamada às pressas para acompanhar a mãe ao hospital... era 2 de fevereiro... Janaína completava cinco anos e seu João nunca pôde levá-la para a festa da Rainha — a mãe tentava de todas as formas afastar a menina das coisas da sua religião.

Aproveitando a ocupação da mãe, ele colocou um vestidinho branco em Janaína e os dois seguiram para o Rio Vermelho, bairro de Salvador onde a colônia de pescadores local organiza há cem anos a festa para a Rainha do Mar.

Seu João comprou três rosas brancas e um vidro de alfazema na moça com o balde de flores. Em uma das mãos, ele segurava as rosas e, na outra, a mãozinha pequenina de Janaína que saltitava de alegria. Pararam um pouco no alto da balaustrada e, ao ver o mar, Janaína trazia no rosto o sorriso mais lindo que ele já tinha visto! Ela saiu puxando o pai; tinha pressa de tocar a espuma branca que invadia a areia fina da praia.

O pai retirou seu sapatinho e o colocou na sacola plástica de supermercado, pegou-a no colo e desceu as escadas... Janaína sorria e batia as mãozinhas numa euforia contagiante. Ele foi até uma pedra baixa na beira do mar e nela sentou a menina, em cujas mãos deu as rosas brancas. Colocou a sacola ao lado dela e começou a bater paó para Iemanjá... abriu o vidro de alfazema e começou a jogar no mar, enquanto pedia pela saúde da filha, apresentando-a à Mãe das Águas.

O mar, que estava calmo, se agitou do nada. Inesperadamente uma onda surgiu bem alta e levou a sacola onde estavam os seus calçados. Seu João esticou os braços e deu alguns passos para alcançar a sacola... O que não esperava é que uma outra onda ainda mais forte bateria na pedra e sugaria a menina para o mar!

As pessoas começaram a gritar. Seu João, ao virar em busca da filha, viu-a ser lançada para o alto em meio às ondas... Na mãozinha direita, as rosas... Ela afundou por um instante que parecia uma eternidade! Todos gritavam desesperados, corriam junto de seu João para tentar ver a menina e, no momento seguinte, ela apareceu boiando sobre as ondas, que agora eram apenas marolinhas. Foi quando o pai conseguiu alcançá-la.

A criança estava serena e, já no colo do pai, sendo levada de volta para a areia, disse:

— Ela gostou das rosas, papai! E disse que está me esperando em sua casa! Seu João chorou copiosamente abraçado à filha e agradeceu à Rainha pela compreensão.

A saída de Janaína aconteceu dez anos depois. O pai estava no atabaque e chorava emocionado ao ver o corpo da filha envolto nos tecidos brancos e pintado com as pintinhas da galinha-d'angola. Ela renascia pela segunda vez e, para a surpresa de todos, no orukó de Iemanjá, dona Rita bolou e recolheram Oxum. Os rios correm para o mar! Não adianta atrasar as horas, o Tempo sabe de todas as coisas e providencia que o odu, o destino, se cumpra.

Odò Ìyá!

Iemanjá da Iyá Odomilayó — Lauro de Freitas (BA), 2020

Iemanjá do Babalaxé Dan Nery — Salvador (BA), 2020

Quem é Iemanjá?

Iemanjá é preta e farta. Seu nome significa "Mãe cujos filhos são peixes". É filha de Olokun, divindade dos oceanos em África, o que talvez explique por que Ela foi associada aos mares aqui na diáspora.

É a Orixá mais aceita em solo brasileiro, justamente porque foi devidamente embranquecida. É a única que tem uma festa popular que leva seu nome e não a de um santo cristão sincretizado. Orixá é divindade africana e, portanto, de pele preta. A ideia de Orixá sem cor é fruto do racismo religioso e da apropriação cultural que ama o que é do povo preto, mas sem ele.

Em África, seus assentamentos moravam no Rio Iemanjá, entre Ifé e Ibadan, mas no início do século XIX, em razão das guerras entre as nações iorubás, seu povo emigrou para Abeokuta, levando consigo os objetos sagrados, e o Rio Ogum se tornou, então, sua nova morada.

Não há nada maior que o mar. Não há nada mais ancestre que o mar e que a África, berços sagrados da vida. Não há colo mais complacente, não há vontade mais avassaladora que a de Iemanjá!

Cultuada no sábado, sua saudação é "Odò Ìyá" (Mãe do Rio!) e seu elemento é a água.

de Logerĩm — Simões Filho (BA), 2022

Obá de Ana Nimbalokê — Salvador (BA), 2021

Obá

Ọbà

A filha da guerreira

Dona Núbia estava afiando as facas da casa quando viu Kieza, a neta de nove anos, entrar feito um raio, com o *black* bagunçado e visivelmente irritada. Parecia estar com a gola da camiseta da escola rasgada. Deu um sorriso de canto e perguntou:

— O que houve, Kieza?

Mas quem respondeu foi Lueji, mãe da pequena Oyáci,[1] que vinha logo atrás.

— Qual é a novidade, mãe? Ela brigou na escola outra vez! Já bateu em todos os meninos. Eu não aguento mais receber reclamações sobre você, Dyami Kieza!

— Mas, mãe, foi ele que mexeu comigo! — retrucou a pequena com as mãos na cintura.

— Chamasse a pró! Está de castigo! Vai ficar no quarto sem televisão e celular.

1 Nas religiões de matrizes africanas, é como são chamadas as filhas de Oyá. [NE]

— Ah, mãe!

— Agora, Kieza!

A menina subiu as escadas, pisando duro. A avó sorriu bastante orgulhosa.

— A senhora ri, né? — disse Lueji, rindo também.

— Parece que estou te vendo criança outra vez. Prefiro que ela seja assim: ousada, atrevida, corajosa.

Dona Núbia deixou as facas, esquentou o almoço da neta e foi até o quarto. Ela já tinha tomado banho e a camiseta rasgada estava sobre a cadeira encostada à janela. Kieza estava bicuda e de braços cruzados, magoada com a falta de apoio da mãe.

— Por que você bateu no menino, Kieza?

— Porque ele me chamou de macumbeira, puxou a minha conta de Iansã e ela quase quebrou, vó!

— E por que você não chamou a pró?

— Porque elas só riem, falam que é brincadeira! Pois ele viu a brincadeira! — Fechou a mão e deu um soco no ar.

A avó riu e disse:

— Quando pequena, sua mãe era igualzinha a você!

— Então, por que ela é tão brava comigo?

— Ela melhorou depois que se iniciou para Obá.

— Me conta como foi, vó?

Núbia começou a contar sobre Lueji, nome que significa "rainha" na região de Angola.

— Sua mãe foi uma criança séria, sempre muito responsável com tudo e com todos, mas tinha a personalidade forte e não trazia desaforo para casa. Fosse no argumento, fosse no tapa, ela se fazia respeitar. E, dessa mesma forma, seguiu pela adolescência. Era uma jovem silenciosa, estudava muito; o desejo de ser médica era perseguido com determinação.

"Na residência, ela conheceu seu pai, um homem obcecado que não sossegou enquanto não se casou com ela. Eles discutiam muito por causa do ciúme dele, até que ela não aguentou mais e pediu a separação. Um mês depois, descobriu que estava grávida de você e ele, que não aceitava a separação, quando soube que você estava na barriga dela, intensificou a perseguição.

"Foram meses muito difíceis, até que o pior aconteceu... Ele veio aqui em casa quando não estávamos, sua mãe de barrigão, e os dois discutiram muito. Sua tia Dume estava no trabalho e pressentiu algo ruim, sentia que devia voltar para casa. Como ninguém atendia o telefone, ela saiu da empresa e veio correndo. Quando abriu a porta, Iansã a pegou! O ilá de Iansã assustou seu pai. Nesse instante, sua mãe deu um chute na mão dele, que deixou a faca com que a golpeava cair, e, como se tivesse voltado a si ao ver sua mãe ensanguentada, saiu correndo.

"Iansã foi embora. Sua tia ficou desesperada ao ver a irmã daquela forma, mas sua mãe calmamente pediu que ela chamasse o Samu. Assim que Dume desligou, Iansã voltou a pegá-la. Ela colocou o ojá sobre o corte na barriga de sua mãe e essa foi a primeira vez que Obá passou. As duas rainhas ficaram juntas até que a ambulância chegasse! Sua mãe, que sempre correu do caminho dos Orixás, naquele momento, sentiu o poder das Iabás!"

— E aí, vó? O que aconteceu? — perguntou a menina, aflita com a própria história.

Dona Núbia continuou:

— Tiveram de fazer o parto aos oito meses de gestação para salvar vocês duas. Durante as agressões, houve lesão no tímpano esquerdo de sua mãe e ela também precisou fazer algumas cirurgias por causa das facadas. Enquanto isso, você ficou na UTI, e a tia Dume ia todos os dias para lá ficar com você, mas, quando ela te pegava no colo, Iansã passava e ficava um tempo te dando mamadeira e te fortalecendo com

Iaô Ludmila Lebulu do Ilê Axé Omin Orô — Salvador (BA), 2020

seu axé de búfala! Uma das enfermeiras, que você bem conhece, se chama Jawari!”

— Tia Jana? — indagou a menina, surpresa e sorridente.

— Isso mesmo! Ela já era da religião e um dia percebeu que não era Dume, mas uma Iabá ali, e chorou silenciosamente ao ver o amor de Oyá por você, filha.

A pequena sorria feliz e orgulhosa, com os olhinhos cheios d’água, enquanto segurava a mão da avó.

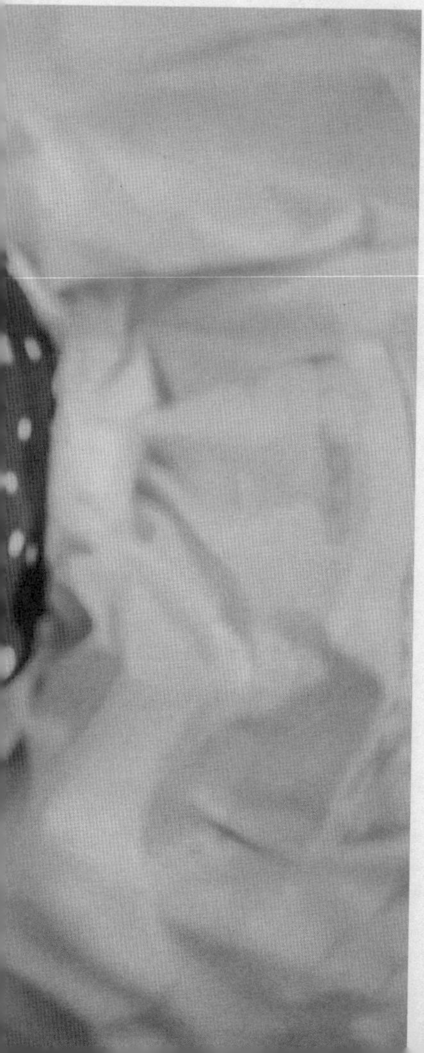

— Continua, vovó!

— Com Orixá tem desses mistérios, isso chamou a atenção de Jana, e ela foi conhecer sua mãe na ala feminina. Quando chegou lá, era Obá que estava deitada na cama, com a mão no ouvido ferido de sua mãe. Quando Jana se aproximou, Obá disse: “Diga a ela que vai ficar tudo bem, e que eu espero as duas antes de virar a lua grande.”

— Ah, então foi assim que a mamãe e a tia Jana começaram a namorar?

— Isso mesmo! E no dia do seu aniversário de um aninho, a Obá de sua mãe gritava o orukó no barracão, e a Iansã da tia Dume gritava o orukó da sua Igbalé com você no colo. Não teve um que não chorasse!

— Eu tenho muito orgulho de ser de Orixá, vovó! E, quando eu crescer, vou ser juíza para poder prender todo mundo que é racista e que fala mal de Orixá... ah, e que bate em mulher também!

A avó sorriu orgulhosa pela família de mulheres valentes e agradeceu a Oxum, Oyá e Obá por essa bênção!

Obá de Michele Faranilobá — São Francisco do Conde (BA), 2025

Quem é Obá?

Obá é uma Orixá fascinante e incompreendida que não reza na cartilha do patriarcado, e muito do que dizem sobre ela tem intervenções do olhar machista sobre uma mulher livre. Dentro do processo civilizatório, Obá representa a coragem de lutar pelo que se deseja, é a Orixá da superação.

Também conhecida como Rainha Guerreira, é estrategista de guerra e grande matriarca da Sociedade *Ẹlẹ̀kò* (em português, "Elekô"), uma comunidade composta apenas por mulheres — a exemplo do filme *A mulher rei*. Ali, elas eram incansavelmente treinadas nas artes da guerra, da caça e da proteção às suas iguais.

Obá era tão forte, competitiva e letal que desafiou absolutamente todos os Oborós, Orixás masculinos, para o combate, e só não ganhou de Ogum porque ele trapaceou. Ela é bélica, gosta da guerra e de ganhar. Livre como as águas bravias da pororoca, é caçadora atenta e corajosa a ponto de se render à selvageria do próprio amor.

Apaixonada por Xangô, Orixá da justiça, conta-se aqui na diáspora que ela teria cortado a própria orelha esquerda por ciúme dele, mas há muitas controvérsias quanto a essa versão, mas é por isso que ela é representada sempre com a mão sobre a orelha esquerda.

Erguei-vos mulheres! Elékò nunca morreu! Elékò também é aqui! Obá vive nos olhos incandescentes de cada mulher valente.

Cultuada na quarta-feira, sua saudação é "*Ọbà ṣiré*" ou "Obá xirê" (Nós festejamos Obá!) e seu elemento é a água agitada.

de Fernanda Omisidanlewa —
ceição do Jacuípe (BA), 2024

EWÁ É A BRUMA QUE TOCA A INTUIÇÃO E NOS TORNA SENSÍVEIS AO INSONDÁVEL.

Ewá de Adriana Ewadecy — Salvador (BA), 2019

Ewá

Yèwá

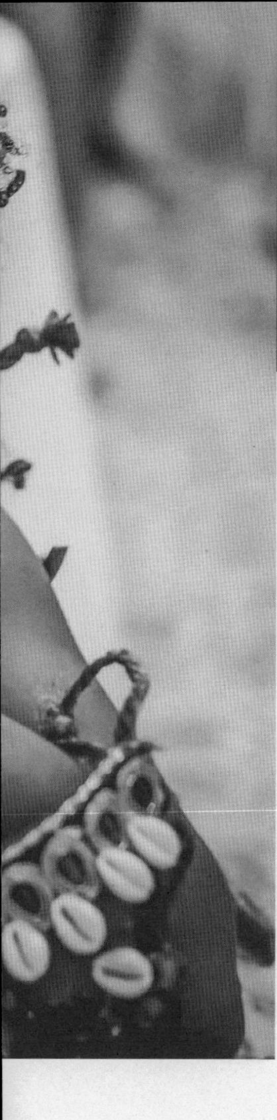

Mãe do encanto

Ainda entre o sono e a realidade, Carol sentiu um peso sobre as pernas. Aquilo foi subindo em direção ao seu abdômen e meio que girou em torno de seu seio direito. Carol estava petrificada de pavor. Não sabia se abria os olhos para saber o que era ou se continuava de olhos fechados por medo de confirmar o que imaginava...

Foi quando começou a ventar muito forte e seus longos cachos negros se enroscaram naquilo que estava pesando sobre seu corpo. A contragosto entreabriu os olhos e deu de cara com uma serpente magnífica olhando fixamente para ela. Carol gritou apavorada, empurrando o lençol para longe e acordou sobressaltada, suando muito, coração batendo na boca — era a terceira vez que aquele sonho se repetia nos últimos dez dias. A mãe entrou correndo no quarto e viu a filha ofegante. Logo, indagou:

— Pesadelo de novo, Carol?

— É, mãe... a mesma cobra que parece ser feita de palha vermelha... Quando abri os olhos, ela estava a poucos centímetros do meu rosto, olhando fixamente para mim.

— Menina..., vá se benzer! Tá precisando de um banho de folhas.

Carol recebeu um abraço consolador da mãe e achou graça no comentário. Como uma típica engenheira de mente cartesiana, não acreditava em nada daquilo. Tomou um banho, fez um desjejum rápido, ligou o computador e resolveu trabalhar um pouco até que Mariana, sua sócia, chegasse para pegá-la... mas, de repente, sentiu algo se mexer embaixo da mesa do computador. Instintivamente, empurrou a cadeira para trás e saiu correndo do quarto.

No carro, Carol foi logo desabafando com a amiga sobre a tal cobra que a estava perseguindo. Mariana era arquiteta, mulher linda, preta de cabelo *black*.

— Carol, amanhã tem uma festa no Candomblé de minha tia, quer conhecer? Quem sabe você não encontra alguma resposta?

— Ai, Mari! Tá parecendo minha mãe acreditando nessas coisas tribais. Eu, não! Talvez eu volte a fazer terapia.

À noite, o mesmo "sonho" — só que o peso era maior, a ponto de quase sufocá-la. Sentiu novamente a serpente enroscada em seu seio, mas, quando abriu os olhos, a poucos centímetros de seu rosto estava o rosto de uma linda mulher de pele muito preta e, sob uma camada de palha vermelha que cobria o rosto dela, havia olhos brancos, rasos, hipnóticos... A mulher abriu uma cabaça enfeitada com búzios brancos, soprou um pó que virou uma névoa que a cegou por instantes, e foi se metamorfoseando em uma encantadora serpente... em meio à bruma, ela sumiu.

No sábado à noite, quando desceram do carro em frente ao terreiro, ambas com vestido branco, um arrepio tomou conta de Carol quando pisou no solo sagrado. Era engraçado que tudo ali lhe parecesse tão familiar: eram cheiros, gostos, estéticas totalmente novas, mas que pareciam reverberar em algum lugar dentro dela. Lágrimas escorriam sem que pudesse controlar.

Mariana a apresentou rapidamente à tia, *Ìyá* Jana, uma mulher esguia de olhos oblíquos que olhavam no fundo da alma. O sorriso dela era tão lindo que convidava a sorrir junto; Carol estava embasbacada com a beleza natural daquela sacerdotisa, que ficava ainda mais esplêndida nas roupas brancas tradicionais do Candomblé, que contrastavam com a pele muito preta e as contas coloridas.

— Mari, o que determina a escolha desses colares de várias cores? A gente pode simplesmente comprar e usar?

— Não são colares, são as chamadas contas ou guias, e elas têm cores ou combinações de cores de acordo com o Orixá daquela pessoa. Por elas, a gente consegue ter uma ideia dos Orixás que reinam na vida dela, e a depender da forma como são montadas, dos materiais usados, da espessura das peças... dá para saber se é um abiã, alguém que ainda não se iniciou, quando são fininhas. Um iaô usa essas que têm várias voltas e são fechadas por duas peças maiores chamadas "firmas". Já essas que são feitas quase que totalmente com firmas grossas indicam que a pessoa é mais velha no culto ao Orixá ou que tem um cargo dentro da comunidade.

— Nossa, quanta organização!

— Está vendo aquela conta azul no terno daquele rapaz, ainda mais com aquele arco e flecha, que se chama ofá? Ele é de Oxóssi, ou tem esse Orixá em destaque em seu enredo, e, pelo terno, ele é ogã, que são homens que não entram em transe. Já aquela conta de iaô, por estar mais em cima das outras parecidas, aponta que o iaô pode ser de tal Orixá. Aquela peça trançada com palha da costa se chama "mokan", é usada pelo iaô e representa o cordão umbilical com seu Orixá — é uma das contas que proporciona maior proteção.

— Que bacana! E percebi que a roupa muda muito também, algumas de tecidos mais nobres, outras mais simples, é do gosto pessoal ou segue uma hierarquia?

— Sim, segue. Abiãs normalmente não usam anáguas, iaôs já usam, mas com tecidos mais simples. As equedes, como são chamadas as mulheres que não entram em transe, e as sacerdotisas, cargos femininos da casa e pessoas mais velhas, chamadas de ebome, por sua vez, podem usar tecidos mais nobres, com brilhos, passamanarias, bicos bordados etc. Então, pela roupa, a gente também tem ideia do tempo de axé de alguém e da sua posição na casa.

— Caramba, são organizações complexas e símbolos de fácil identificação que facilitam a dinâmica em uma comunidade tão cheia de hierarquia.

Nesse momento, ouviram os atabaques e perceberam as pessoas entrando no barracão para o início da festa. Mariana encontrou dois bons lugares para elas, e Carol ficou encantada com o cortejo de mulheres altivas e impecavelmente vestidas que entraram no barracão perfiladas e formaram uma roda que, enquanto as cantigas aconteciam, continuava girando. Mariana explicou baixinho para a amiga:

— Essa roda se chama xirê e se forma da pessoa mais velha iniciada para a mais nova, que muitas vezes é uma abiã. Nesse espaço, a mais velha e a mais nova se encontram, mostrando que, para o Orixá, somos todos iguais. No momento do xirê, todos os Orixás são saudados brevemente — essa é a primeira parte da cerimônia.

Carol estava encantada com cada toque, com cada movimento, mas o ponto máximo foi quando a comitiva de belíssimas mulheres, em seus rodeiros e torços altivos, voltou pela segunda vez para o barracão. Mãe Jana agora dava espaço em sua matéria para a excorporação de Ewá, que carregava o ofá e a cabaça com búzios, e ostentava o filá de palha da costa vermelha. Carol gelou! Com mãos frias, ela pegou com força descontrolada o braço de Mariana e sussurrou:

— É ELA! A mulher serpente de ontem!

A Ewá de Mãe Jana, ao passar por onde elas estavam, saiu da roda e foi até Carol, como se fosse dar um bote... dançou na frente da moça, deu o jinká, o ilá e abriu os braços, e Carol, já em prantos, se entregou àquele abraço de MÃE! Um abraço que durou poucos segundos, pois Carol perdeu as forças e caiu no chão.

Carol não havia bolado; tinha apenas desmaiado pela emoção. No dia seguinte, foi jogar com Mãe Jana e, no jogo, fez-se a revelação: ela estava com algum problema de saúde muito sério e Ewá queria que ela fosse ao médico urgente! Oxóssi, dono do Orí de Carol, ia esperar que ela se cuidasse na "mulher do anel" para depois conversarem.

Ewá da Ialorixá Damille Reis — Salvador (BA)

Dito e feito! Foi encontrado um minúsculo tumor maligno no seio direito de Carol que, por estar bem no começo, pôde ser tratado da melhor forma possível. E a cabeça raspada de Carol hoje não é por causa da quimioterapia, e sim porque ela se deitou para Oxóssi e foi confirmada como equede da Ewá de Mãe Jana — foi a forma que encontrou de agradecer à Iabá por ter salvado sua vida ao alertá-la.

A vida voltou a sorrir para a moça vaidosa que alongava o cabelo para ficar mais bonita, mas não encontrava horário para ir ao médico. Carol aprendeu com Ewá que seu primeiro amor deve ser ela mesma, pois só se amando poderá amar outro alguém. E aprendeu com Oxóssi que força e determinação mudam o próprio mundo! Que a entrega de Carol nos inspire a acreditar!

Ri Ro! Um salve à Mãe dos Encantos! Só quem já foi olhada pelos olhos sem íris de Ewá sabe o que é estremecer diante de tanto poder!

Ewá de Tailana Santos — Salvador (BA), 2023

Quem é Ewá?

Ewá é a Orixá encantada do Mistério. Meio serpente, meio menina, caçadora perspicaz, Orixá indomada, a grande pensadora, senhora da sabedoria, a guardiã do conhecimento e tradutora universal dos signos que separam o Orum e o Aiyê, o masculino do feminino, o dia da noite, o quente do frio, o ordinário do belo... É o céu róseo do fim de tarde seduzindo a noite. Ewá traz em si tanto encanto quanto inquietação.

Algumas famílias de África acreditam que Ewá é irmã de Oxumarê e filha de Nanã, e que ela também vira serpente ou névoa quando se sente em risco. É reconhecida aqui e lá como uma divindade de beleza acima da média e de personalidade desconfiada e misteriosa, mística, senhora do transe, da esperança, dos sonhos, da fantasia, das artes, do belo, da música...

Ela é a única Iabá que usa palha da costa tingida de vermelho, tanto no filá (aquela franja, também chamada de "chorão", que pende sobre o rosto das Orixás femininas e de alguns poucos Oborós, Orixás masculinos), quanto no contraegum e nos adereços de cabeça e braços.

Cultuada na terça-feira, sua saudação é "Ri Ro" (Doce e Branda!) e seu elemento é a água.

de Ivana Nanjilayó — Salvador (BA), 2023.

Ó, SENHORA DO VÃO ENTRE AS DIMENSÕES, TENHA PIEDADE DE NÓS!

Nanã de Doleji — Salvador (BA), 2017.

Nanã

Nàná

Renascer no manancial

— Minha filha, tem certeza do que está fazendo? Desde criança você sonha em ser cientista, sempre tão elogiada pelas professoras, notas excelentes, você se dedicou tanto o ano passado todo para tirar uma boa colocação no Enem, passou na Federal e agora, em vez de ir para a capital realizar seu sonho, você resolve abandonar tudo por causa de um perna-de-calça que mal conhece, que não tem onde cair morto e que, pior, quer proibir você de realizar seu sonho? Eu não me conformo! — disse Júlia, enquanto a filha arrumava as malas para ir morar com aquele homem estranho.

— Oh, mãezinha, não fala assim! João é um homem simples, mas não consigo nem pensar em ficar longe dele! Vem logo uma angústia que parece que meu coração vai pular do peito. Infelizmente, ele morre de ciúme, é inseguro, se sente inferior a mim, então eu tive que fazer uma escolha — disse Naiana, enquanto escolhia peças de roupas mais adequadas à nova realidade. — Vou deixar algumas roupas aqui em casa, tá? Aliás, a senhora viu aquele meu vestido branco de alcinhas que amo? Já procurei por todo canto e não achei.

— Minha filha, desde o mês passado, quando a neta da dona Zefinha me pediu para deixar que ela passasse as roupas da casa porque estava precisando de dinheiro, senti falta de algumas roupas suas. Vou procurar melhor e levo quando achar. E, por falar nisso, seu pai e eu sempre garantimos que você pudesse se dedicar apenas aos estudos, você nunca precisou trabalhar. Sem desmerecer o trabalho das marisqueiras, que são valiosas, mas você está deixando de se preparar para ser uma cientista, uma acadêmica, para viver do que o mangue produz? Pensa bem!

— Mãe, agradeço demais tudo o que a senhora e meu pai me proporcionaram, mas eu não consigo me ver sem o João, não sei explicar, mas preciso ficar ao lado dele.

— Então, espera mais um pouco, Naiana, conheça esse moço um pouco mais, tenha a certeza dos seus sentimentos e dos dele; não tem a menor necessidade de sair daqui para se juntar a um homem desconhecido... seu pai sempre sonhou em te levar para o altar e agora nem sequer uma união estável vocês vão assinar.

Naiana parou o que estava fazendo, empurrou a mala para o canto da cama, pegou nas mãos da mãe e a fez sentar-se na cama de frente para ela, acarinhando suas mãos:

— Mãezinha, me perdoa pelas frustrações que a senhora e meu pai estão tendo, também era meu sonho, mas a vida nem sempre é sobre realizações, e já me conformei com isso. Mãe, eu sou uma mulher preta de pele retinta, passei a minha adolescência me sentindo invisível diante dos meninos naquela escola particular de maioria branca e classe média alta. Agradeço a vocês por ter podido estudar lá, mas isso me relegou à solidão, tanto de amigas, quanto de paqueras. Os poucos beijos que dei foram em caras que estavam meio bêbados em fim de festa — disse Naiana com os olhos rasos d'água ao lembrar de todo o racismo que sempre teve de administrar para focar nos estudos. — O João, não, ele me notou, ele tem ciúme porque me ama e não quer me perder, mãe, é a primeira vez que um homem tem medo de me perder! Eu não posso abrir mão de viver isso! Não era minha intenção me relacionar com um homem branco, mas foi esse que me amou.

— Naiana, minha filha, por que você nunca nos contou sobre isso?

— Mãe, desde cedo eu aprendi que precisaria ser mais forte que o racismo. Se meu objetivo era ser biomédica, eu precisaria enfrentá-lo. Aquela era a melhor escola da região, e não foi à toa que passei em primeiro lugar em Biomedicina, mas teve seu preço.

Ouviram o carro do pai parando na garagem e se apressaram em enxugar as lágrimas e carregar a mala e as três caixas com roupas, objetos e livros da jovem. O pai não a conduziria ao altar, mas a levaria até o vilarejo na beira do mangue, onde seu futuro companheiro fazia questão que vivessem. Lugar ermo, sem transporte próximo, com um parco sinal de internet. Marcos, o pai, ogã, um homem de Omolu, estava inquieto e inconformado.

No carro, o pai e a mãe tentaram de todas as formas dissuadi-la, mas, do alto de seus dezoito anos, sentia-se adulta e madura o suficiente para tomar as próprias decisões.

Ao chegar no lugar e avistar o casebre onde sua amada filha iria morar a partir de então, Júlia não conseguiu disfarçar o incômodo e falou para João:

— Meu filho, você se importa que a gente dê como presente de casamento uma reforma nessa casa, para que fique mais confortável para vocês?

— Me importo, sim, dona. Avisei para Naiana que aqui é tudo simples... e, se ela quisesse ficar comigo, seria na simplicidade, sem frescura. — E, olhando para a garota de forma fria, falou rispidamente: — Este é o momento de você decidir se quer ficar ou se quer voltar para sua casa e sua vida de luxo na cidade.

— Desculpa, João, eu não quis ofender você...

— Mas ofendeu — retrucou ele, interrompendo a sogra. — E se ela vai mesmo ficar, tá entregue, podem ir.

— Escuta aqui, rapaz — disse Marcos, chegando no limite —, nós somos pais dela, temos o direito de nos preocuparmos.

— Coroa, eu não fui lá na sua casa pedir autorização a você, minha negociação foi toda com a Naiana. Que eu saiba, ela é maior de idade e veio porque quis, não quero família dela enfiada aqui. Quando ela quiser, que vá até vocês, não são bem-vindos aqui, fui claro? — João mal conseguia disfarçar o ódio.

— Claro até demais! — afirmou Marcos furioso, fazendo evidente alusão à cor da pele do genro. Virando-se para Naiana, continuou: — Minha filha, isso é o que te espera nessa vida que você escolheu, essa grosseria! Tem certeza de que vai ficar?

O pai viu um lampejo de desespero nos olhos da filha. Ela dizia uma coisa, mas seu olhar transparecia outra, havia algo errado naquela situação. Naiana o abraçou, tentou acalmá-lo, e depois abraçou a mãe e ambas seguraram o choro. Muito a contragosto, Marcos passou o braço pelos ombros da esposa e os dois caminharam em direção ao carro.

Lembrou-se de quando levaram a filha para o primeiro dia de aula e de como foi difícil deixar sua joia mais preciosa aos cuidados de estranhos. Mesmo com o coração partido, sabiam, naquele momento, que estavam fazendo o melhor para ela. Mas agora, a situação era outra, ele tinha a certeza de que não era.

Assim que entraram no carro, Marcos esmurrou o volante, extravasando a fúria até então controlada.

— Calma, meu amor, calma! Olha sua pressão, eu preciso de você bem vivo para tirar nossa filha dessa armadilha.

— A nossa menininha, Júlia! Esse maldito vai fazê-la sofrer, eu pude ver nos olhos dele! Como é que na semana passada nós estávamos procurando casa para ela morar na capital e fazer faculdade, e esta semana ela está morrendo de amores por um desconhecido? Isso é loucura! Não faz sentido algum!

— Meu amor, vamos passar lá no terreiro para falar com Mãe Berenice? Acho que estamos precisando de orientação.

— Você está certa, eu sinto que tem algo errado nisso tudo. Assim que conseguirmos sinal, você liga para a *ìyá*, vê se ela pode nos receber e já seguimos direto para lá.

Enquanto Marcos e Júlia se afastavam, João virou as costas sem carregar nenhuma das caixas da namorada. Sem olhar para ela, falou:

— Não vai caber metade disso na minha casa, se livra dessas tralhas.

Naiana enxugou as lágrimas que insistiam em cair e, da forma mais controlada possível, perguntou:

— Por que você falou com meus pais daquela forma? Por que proibiu que eles voltassem?

João parou visivelmente impaciente e, com o semblante transtornado, voltou em direção a Naiana. De forma inesperada, desferiu um tapa no rosto dela, o que fez com que caísse sentada na areia...

— Escuta aqui, sua vadia, não ouse me questionar de novo! Eu mando e você obedece, tá ouvindo?! — gritava com os olhos esbugalhados, puxando o cabelo dela com tanta força que a levantou do chão. Em seguida, a largou de qualquer jeito. — Engole esse choro, odeio drama.

João começou a chutar as caixas dela, espalhando seus livros preferidos, as maquiagens caras, os perfumes importados e os eletrônicos de primeira linha.

Naiana ficou no chão, impactada, com o rosto ardendo, a boca sangrando, tentando controlar o choro e aquele medo absurdo de perdê-lo — ela não conseguia entender que sentimento era aquele que a paralisava.

As horas que se seguiram foram de verdadeiro terror para Naiana dentro daquele casebre. Adolescente extremamente amada pelos pais, ela nunca tinha namorado sério e carregava sonhos românticos para a sua primeira vez. Mas, de repente, se via em um pesadelo...

Enquanto isso, Marcos e Júlia estavam na mesa de jogo com Mãe Berenice. Após algum tempo em silêncio, com a expressão tensa e o som seco dos búzios caindo no opon, um tabuleiro redondo de madeira usado em rituais africanos, ela começou a falar:

— Vocês estão certos, tem algo de errado nesse "amor irresistível" da menina. Ela está sendo movida por um feitiço feito com uma peça de roupa branca dela.

— Ela sentiu falta de um vestido branco, será que é ele? — a ialorixá e o marido olharam para Júlia curiosos. — Hoje, ela procurou por ele para colocar na mala e não achou, até comentei que depois que a neta da dona Zefinha, aquela marisqueira da vila perto de onde a Nai está morando, se ofereceu para passar roupa lá em casa, justificando que precisava de dinheiro para comprar remédios para a avó, algumas peças de roupa tinham sumido.

— E isso foi quando, minha filha?

— Foi há três ou quatro semanas, mãe.

— Bate com o tempo de ação do feitiço, mas por que essa garota faria algo contra a menina? Elas tinham alguma inimizade?

— Elas nem se conhecem, Mãe Berê, uma sabe da outra porque a cidade é pequena, mas elas não têm proximidade. Além do mais, a moça é bem mais velha que a Nai.

— Olha, eu preciso desmanchar esse feitiço o mais rápido possível, até porque o alvo não é a menina... é você, ogã.

— Eu? O que eu tenho a ver com isso, mãe? — perguntou Marcos, surpreso.

— Você conhece esse rapaz? Sabe quem é a família dele?

— Não conheço, mãe, só sabemos o que a Nai falou, que os pais morreram com pouco tempo de diferença um do outro, há uns dois anos, desde então ele vive sozinho naquele lugar, afastado de tudo.

— Meu filho, investiga isso, tem algo a ver com ancestrais dele, eu até me arrepio quando entro em contato com essa energia, tem muito ódio envolvido.

— Mãe Berê, acho que a primeira pista é essa marisqueira. Amanhã de manhã, vamos até lá para falar com ela. Por enquanto, me diga o que a senhora precisa para romper com esse feitiço.

A ialorixá passou a eles a lista do que precisaria e se comprometeu a fazer algo emergencial para Nanã, a Orixá de Naiana. Marcos e Júlia saíram de lá mais preocupados do que entraram.

Enquanto isso, no casebre iluminado apenas por uma única lamparina de querosene, Naiana tomava um gole de café e mordia um pão borrachudo que devia estar ali já havia alguns dias, mas era a única coisa disponível para comer.

As lágrimas teimavam em cair de maneira incontrolável, o coração disparava com qualquer barulho do lado de fora. Era um misto de sentimentos, uma angústia quando estava longe dele e o medo de perdê-lo, e agora um sentimento novo: o medo de sua presença agressiva e violenta.

Depois de ter sido agarrada com força, ao ponto de ficar com marcas pelo corpo, ver suas roupas rasgadas e seus calçados estragados, Naiana viu ódio e nojo nos olhos de João. Não entendia o que havia feito e o porquê de ele ter mudado tanto. Não sabia para onde ele tinha ido nem a que horas voltaria, mas estava com um medo estarrecedor, tanto de ele voltar, quanto de ele não voltar. Ela, que sempre fora tão racional e prática, estava assustada com o impacto desses sentimentos que lhe tiravam o chão.

Lá fora, só se ouvia o ranger de "porta velha" das árvores do manguezal se esfregando umas nas outras, o som distante das ondas do mar e o coaxar dos sapos — e ela sentia pavor de sapos. A penumbra do casebre mal iluminado sempre lhe dava a impressão de que um sapo surgiria em algum canto, para acabar de vez com a sua dignidade.

De repente, ouviu um som que parecia cordas de búzios batendo umas na outras. Era um som quase mágico, que a acalmou. Ela se concentrou, tentando descobrir de onde vinha. O barulho parou e deu lugar ao som de passos. Seu coração disparou... seria João? E se não fosse? No fundo, ela não sabia o que era pior.

Ouviu alguém tropeçar, derrubar algumas coisas e, logo, os xingamentos preencheram a noite com a voz do companheiro. Em seguida, escutou a chave girando no cadeado com o qual João a havia trancado lá dentro. Viu-o cambalear ao entrar porta adentro. O cheiro forte de cachaça e cigarro misturados ao suor tomou conta do ambiente, e a voz embolada dele a fez estremecer:

— Agora é a hora da lua de mel da minha mulherzinha...

A chama da lamparina, fazendo alternar luz e sombra avermelhada no rosto de João fazia com que aquela cena parecesse um filme de terror. Ele se virou para a porta, bateu o cadeado na corrente e começou a tirar a camisa, enquanto cambaleava em direção à cama onde Naiana se encolhia feito um bichinho encurralado.

Ele a puxou contra seu corpo e tentou forçar um beijo. Depois, arrebentou as alças da blusa dela, deixando-a com o colo desnudo. Naiana gritou pedindo que ele parasse, mas, antes que pudesse reagir, sentiu um tapa estalar em seu rosto. João colocou ambas as mãos no pescoço dela e, com os olhos esbugalhados e a fala embolada, gritou:

— Você é minha agora, vou te usar como eu quiser! Vocês vão me pagar!

Naiana chorava, desesperada. Ele era muito maior que ela, que mal conseguia se mover embaixo do corpo dele. Em meio ao desespero, de repente ouviu novamente aquele som que pareciam búzios batendo uns nos outros. Então, sentiu João pouco a pouco perdendo as forças e caindo desacordado.

Ela ficou um tempo ali, imóvel, com medo de acordá-lo, o coração batendo na boca, as lágrimas molhando o lençol, a adrenalina descarregada em seu corpo gritando em suas células para que ela fugisse, mas aquela angústia do medo de ficar sem ele pareciam algemas invisíveis que não permitiam que ela aproveitasse o sono etílico dele para fugir. Talvez não houvesse uma próxima chance, mas ela não conseguia partir.

Aos poucos, foi se esgueirando, tirando o próprio corpo de debaixo do dele. Sob a luz tênue da lamparina, viu no espelho o corpo e o rosto marcados pela violência gratuita, as lágrimas caíam insistentes... Naiana trocou de blusa, vestiu um top e uma calça bem justos, difíceis de tirar, pensando que se ele investisse novamente contra ela, seriam roupas mais difíceis de arrancar do corpo.

Sentou-se no canto da parede em frente à cama, abraçou os joelhos e chorou até dormir.

Foi acordada por um solavanco dele, puxando seu braço:

— O que você fez comigo, sua nojenta?

O sol ainda entrava bem frio pelas frestas das madeiras que compunham a parede do casebre, devia ser bem cedo. Naiana estava meio atordoada de sono, mas ao se dar conta da realidade, o coração voltou a disparar.

— Levanta e faz logo meu café. Você precisa se arrumar rápido também, daqui a pouco as marisqueiras vão passar aqui para te pegar para o seu primeiro dia de trabalho.

Ela sentia tanto pânico, que não conseguia sequer falar, só acenou positivamente com a cabeça e se levantou para fazer o café no fogãozinho de duas bocas que ficava sobre uma mesinha. Como esperado, ele reclamou do café e do fato de ela ter comido um dos pães na noite anterior. Entrou no banheiro pequeno e apertado enquanto ele reclamava. Viu no espelho um rosto inchado, a boca cortada com sangue coagulado, o pescoço com marcas arroxeadas, e teve um lampejo de lucidez: "O que estou fazendo aqui com esse monstro?".

Ouviu uma batida forte na porta e os gritos dele avisando que as moças haviam chegado. Antes de abrir o cadeado, João pegou com força o braço dela e murmurou entre os dentes:

— Nem tenta fugir! Se você fizer isso, eu vou até sua casa e mato todo mundo! Boca calada com as marisqueiras, quanto menos você falar, melhor. E se chegar sem dinheiro nenhum aqui hoje à noite, não tem comida, entendeu?

Naiana, com a boca seca e o coração acelerado, só meneou afirmativamente a cabeça. Do lado de fora, João voltou a ser aquele cara simpático e gente boa que conhecia, e foi nesse clima que ele a apresentou às três moças, entre elas Josilda, neta de dona Zefinha, mulher alta, de pele queimada de sol e cabelo alisado, que a olhava com um certo desdém. As irmãs Ana e Carol foram simpáticas, tinham mais ou menos sua idade, e no caminho foram contando do trabalho e falando amenidades. Ao ser questionada sobre o que tinha acontecido em sua boca, Naiana disse que havia caído e batido numa quina. A voz saiu insegura, as mãos suavam e o coração seguia disparado.

Enquanto a filha aprendia a catar mariscos, os pais estavam cedinho no comércio para comprar o que fora solicitado pela ialorixá. Como alguns ingredientes não eram encontrados em comércio, deslocaram-se pelos quatro cantos da cidade em busca de cada item.

— Meu bem, estou preocupada. Nai não respondeu às mensagens, e tenho receio de ligar, João estar por perto e isso gerar alguma chateação entre eles.

— Amor, aquela região é péssima de sinal... enquanto ela não se deslocar, não terá como se comunicar conosco.

— Pois é, eu pensei nisso, mas meu coração está muito angustiado, eu sinto que tem algo mais do que apenas problemas de tecnologia.

Marcos sentiu um arrepio percorrer a espinha, a esposa era muito sensitiva e dificilmente errava em suas intuições. Já era meio da manhã quando conseguiram o elemento mais importante para a quebra do feitiço e seguiram para o terreiro.

Mãe Berê os recebeu aflita, e isso foi sentido pelo casal, que a interpelou.

— Eu não quero trazer mais preocupações a vocês, mas nós temos que ser rápidos. Não dormi a noite inteira, *Ìyá* Nanã me pediu para ficar alerta e disse que precisava da minha energia ativa. Esse maldito está apavorando a menina! Ao me conectar com ela, pude sentir o peso do medo que está sentindo.

Sem perder mais tempo, eles entraram, tomaram banho de axé e começaram a preparar tudo o que era necessário para a execução daquele trabalho que visava a desmanchar o feitiço que estava manipulando o Orí de Naiana.

Lá na praia, sob o sol forte, as quatro moças decidiram concluir o trabalho, porque a maré já não permitia que tivessem acesso aos moluscos. Seguiam caminhando com os baldes cheios de mariscos em direção ao pequeno porto da região, onde havia um comerciante que comprava toda a produção das marisqueiras. Naiana ficou indignada ao ver que uma manhã inteira de trabalho duro, sob o sol quente do Nordeste, havia rendido apenas trinta reais para cada uma.

As moças disseram que na baixa estação era assim mesmo, que a produção acaba perdendo valor de mercado, e a convidaram a seguir para o mangue para pegar caranguejos e tentar juntar um pouco mais de dinheiro. Como ela estava com medo de voltar para casa só com esse valor, aceitou sem pestanejar.

Na hora do almoço, as mulheres sugeriram comprar três quentinhas e dividir entre elas, mas Naiana estava com muita fome. Sem a certeza de que João permitiria que ela comesse algo mais tarde, resolveu pegar uma quentinha inteira. Comeu tão vorazmente que as moças se entreolharam e entenderam que, para aquela moça refinada da cidade estar comendo daquela maneira, algo estava acontecendo.

Josilda continuava fria e se chateou com o fato de as demais terem chamado Naiana para acompanhá-las ao mangue, ficando ainda mais distante.

Enquanto isso, Marcos e Júlia batiam palmas em frente à cerca de dona Zefinha. Passado um tempo, ouviram-na responder lá de dentro, avisando que estava a caminho. Apoiada em um andador enferrujado, a pequena senhora caminhava lentamente, com o ojá colorido amarrado na cabeça e um sorriso sem dentes, em direção à cerca.

— Dona Zefinha, sua bênção? A senhora se lembra de mim?

— Oxum abençoe, minha filha! A bênção? — Ela olhou, olhou e perguntou: — É a Julinha de dona Ciça de Iansã, neta de Toinha de Aganju, não é?

— Isso, mãe! — sorriu Júlia, tentando disfarçar a ansiedade. — Estou procurando por sua neta, a que foi passar roupa lá em casa mês passado.

— E foi, foi? Ela não me contou. Minha filha, Jô foi mariscar mais as filhas da dona Glória. Se ela não foi catar guaiamum, deve estar chegando, mas se foi, chega só final da tarde...

— A senhora pode pedir para ela ligar para mim, mãe? Quero que ela passe mais algumas peças lá em casa.

— Ela tem o número do seu "fuxicador"? — Era como ela e os Erês do terreiro se referiam ao celular.

— Tem, sim!

— Pronto! Aviso a ela.

— Não esquece, mãe, preciso falar com ela urgentemente.

— Esqueço, não. Vão em paz!

Marcos e Júlia saíram de lá desolados, estavam se sentindo de mãos atadas.

Lá no mangue, Josilda tirava sarro das dificuldades de Naiana em sua primeira experiência com os caranguejos. As outras duas meninas perceberam que a colega estava de implicância com a novata e tentaram protegê-la como podiam.

Naiana lembrou que uma vez Mãe Berê havia dito que ela era de Nanã, a senhora dos manguezais, e ali, enterrada até os joelhos naquele manancial sagrado, Naiana pediu a essa venerável senhora que trouxesse soluções para a vida tão estranha que se iniciara no dia anterior. De repente, Naiana ouviu novamente aquele som de búzios batendo um no outro, como um filtro dos sonhos ao sabor do vento, olhou para todos os lados e nada viu. Com a mente longe, distraiu-se e levou uma pinçada da garra de um caranguejo enorme, que a cortou de forma profunda.

Elas não tiveram muita sorte, pegaram poucos caranguejos, que lhes renderam ainda menos dinheiro que os mariscos, além de muitos arranhões e um dedo de Naiana cortado. Ela estava suja, molhada e exausta da longa caminhada de volta até o casebre. No caminho, havia parado apenas para comprar pão. Ao chegar, se deparou com o cadeado fechado e pendurado para o lado de fora, indicando que João não estava em casa. Não sabia se ficava triste ou aliviada...

Naiana se lavou na torneira do tanque, deu a volta no casebre e achou algumas das peças de roupa dela que João havia jogado pela janela. Procurou as que não estavam tão danificadas, e como não tinha ideia do horário em que ele chegaria, resolveu tomar um banho improvisado ali no tanque. Enxugou-se com uma das camisetas rasgadas, colocou a calça e a camiseta menos danificadas e lavou as roupas do dia de trabalho. O dedo cortado voltou a sangrar e ela teve que terminar o serviço só com a mão esquerda. Sem conseguir torcer direito, estendeu as peças no varal no fundo da casa. O sol já estava indo embora, restavam poucos minutos de luz natural e nada de João aparecer.

Naiana começou a ouvir os sapos coaxando e foi ficando apavorada, porque, se João não chegasse logo, ela ficaria do lado de fora da casa, no escuro e com aqueles bichos! Começou a procurar no entorno alguma coisa em cima da qual pudesse ficar, alguma madeira ou cabo de vassoura para se defender. Enquanto remexia nas coisas atrás da casa, viu uma caixa de alvenaria com um portãozinho gradeado. Lá dentro, havia um alguidar com o que parecia ser uma boneca de pano, algo muito esquisito. Nesse momento, ouviu novamente o som dos búzios batendo um no outro e uma voz lhe disse:

— Desmanche-a!

Ela caiu sentada de susto, mas a voz insistiu... A luz já estava acabando, ela se muniu de coragem, abriu o portãozinho e pegou aquilo nas mãos. Ao olhar bem, percebeu que se tratava do seu vestido branco que havia sumido — aquele bordado de flores roxas ela mesma havia feito! Ele estava enrolado; uma corda vermelha moldava as delimitações de cabeça, braços e pernas com o próprio vestido, e havia muitos espetos e agulhas espetadas nessa "boneca", principalmente na cabeça. A voz voltou a dizer:

— Desmancha!

Naiana estava com muito medo, mas resolveu desmanchar, começou a tirar tudo o que a espetava, soltou a corda, abriu o vestido e de dentro dele caíram peças íntimas dela e vários elementos de feitiço. Com um misto de dor, raiva e confusão, ela entendeu que talvez fosse aquilo que estava deixando sua mente atada à de João.

Movida por uma ira que vinha do fundo de seu coração, ela então começou a rasgar o vestido e o levou para o mar, junto de todos aqueles elementos bizarros. Entrou na água e ali pediu que o mar e as águas levassem embora essa sensação doentia de dependência que ela sentia dele, que a libertasse.

Nesse mesmo horário, Marcos e Júlia voltavam a bater lá na casa de dona Zefinha. Josilda apareceu na janela e ficou pálida, mas não teve como evitar atendê-los, pois Júlia a saudou e dona Zefinha, lá de dentro, pediu que eles entrassem.

Entraram na casa simples e se sentaram no sofá da sala. A TV com imagem ruim estava ligada em uma novela qualquer e com o volume bem alto, pois a idosa já não escutava muito bem. Josilda buscou água para o casal e estava visivelmente nervosa com aquela visita.

— Josilda, nós precisamos muito falar com você e peço que seja o mais honesta possível — disse Júlia. — Já sabemos que você pegou o vestido branco da Naiana quando passou roupa lá em casa no mês passado.

— Eu não peguei nada! Estão me chamando de ladra? — perguntou, na defensiva.

Foi quando Marcos abriu o *tablet* que estava em suas mãos e deu play em um vídeo que mostrava a área de serviço de sua casa, onde Josilda aparecia passando roupa. Na imagem, via-se o momento em que ela mexeu no cesto de roupas até encontrar o vestido branco de Naiana. Além dele, pegou também um conjunto de calcinha e sutiã, enrolou-os, colocou em uma sacolinha e enfiou na mochila. A moça, que havia levantado e feito menção de sair dali, caiu sentada no sofá defronte a eles. Dona Zefinha estava horrorizada e levou as mãos à boca.

— Minha filha, que vergonha! A gente é humilde, mas nunca alguém da nossa família buliu no que é dos outros.

— Escuta, Josilda, nós não estamos aqui só por causa do roubo do vestido, nós queremos saber por que você o pegou — disse Marcos, pausadamente. — Mãe Berê viu no jogo que esse vestido foi usado para fazer um feitiço contra nossa filha e, desde então, ela ficou encantada por esse tal João e mudou a vida toda por causa dele.

— Caso você coopere conosco e nos diga tudo o que sabe, esqueceremos essa história do vestido e ainda te daremos uma boa quantia como recompensa. Mas caso você se recuse a nos ajudar, nós sairemos daqui direto para a delegacia. Acho que sabe que o irmão do meu marido é delegado; com esse vídeo como prova, você terá muitos problemas.

Josilda começou a chorar. Dona Zefinha estava inconformada, até que ela resolveu falar:

— Eu sou apaixonada pelo João desde novinha, nós fomos criados juntos, eu sei que ele é um cara violento, que tem problemas com bebida, mas isso piorou muito depois da morte dos pais dele, e ele culpa o senhor por essas mortes, seu Marcos.

— Eu? Como assim? Eu nem sei quem são!

— O pai dele era conhecido como Salsicha, um coroa bem magrinho e alto, foi seu funcionário e o senhor o demitiu por justa causa.

— Ah, sim! Nós o pegamos roubando dinheiro da transportadora e temos provas em vídeo dele recebendo suborno. Como eu sabia que a esposa dele estava doente, resolvi que não o denunciaria, só o demitiria por justa causa.

— Pois é, mas ele começou a beber muito, ficou desesperado porque perdeu o plano de saúde e estava desempregado, aí não tinha como continuar o tratamento da esposa. Óbvio que tinha vergonha e disse para todo mundo que o senhor o demitiu injustamente. Aí o resto é o que o senhor já sabe... ele matou a esposa e se matou, para não a ver sofrer, e João pirou com isso.

A sala ficou em profundo silêncio por um instante, até que Josilda continuou:

— Quanto às roupas da Naiana, ele me chantageou, disse que não falaria mais comigo se eu não me oferecesse para passar roupa na casa de vocês e pegasse essas peças para fazer o feitiço. Ele queria que o senhor sofresse ao ver sua filha sendo maltratada, dizia que a morte é pouco para o senhor. João contou as horas até que Naiana completasse dezoito anos e vocês não tivessem mais domínio sobre ela, tanto que se conheceram no dia em que ela completou a maioridade. Eu tenho ciúme dela, isso é incontrolável para mim, mas sei que ele não a ama, que é só para te fazer sofrer. E a vingança já começou, hoje ela estava com a boca sangrando e o corpo cheio de marcas.

— Aquele maldito! Eu vou acabar com ele! — afirmou Marcos, se levantando.

— Seu Marcos, não faz nada com ele, por favor, eu sou ninguém sem o João! Ele está doente! — disse Josilda, chorando.

— Eu preciso tirar minha filha de lá antes que seja tarde.

O casal saiu da casa às pressas e entrou no carro. Enquanto Marcos dirigia, Júlia ligava para o delegado Alfredo, seu cunhado, e explicava o que estava acontecendo. Disse onde ficava a casa de João e que estavam a caminho de lá. Ligou também para Mãe Berê para contar que estavam indo resgatar Naiana. Pelo viva-voz, dentro do carro, eles ouviram o ilá potente de Xangô, pegando o Orí da ialorixá; em seguida, o axogum de Xangô pegou o telefone das mãos do Orixá e disse que Xangô estava se recusando a ir embora, que iria esperá-los no terreiro.

Quando Naiana saiu do mar, estava ainda mais exausta e indignada, sem saber o que fazer. Ela caminhava no escuro, não havia lâmpadas elétricas naquele trecho, a sorte era a lua cheia que conferia uma certa luminosidade. Com o corpo todo dolorido das violências do dia anterior, dos arranhões no mangue, o dedo cortado e o coração angustiado com essa nova vida, tudo o que ela queria era um banho quente, uma comida gostosa e sua cama macia! Algo tão simples, mas que naquele momento parecia um luxo distante.

Voltava para o caminho que daria na casa de João, quando, de repente, lhe ocorreu que não deveria ir para lá, que ela queria ir embora dali, queria voltar para a própria casa! E sentiu um alívio imenso ao não ser acometida por aquele sentimento intrusivo de dependência dele.

Passou pela casa sem nem olhar para trás! O sentimento de alívio era maior do que o medo dos sapos que poderiam estar no caminho. Até que ouviu novamente o som dos búzios tilintando um de encontro ao outro e uma voz dizendo:

— Corre!

Ficou paralisada, sem saber para onde ir, e resolveu seguir em frente, mas trombou com João, que estava bêbado. Ao vê-la, ele foi tomado pelo ódio que o movia.

— Tá fugindo de mim, sua nojenta? Eu não avisei que vou acabar com todos vocês se fizer isso? Você é tão egoísta assim? Não é capaz de sofrer um pouquinho para que seus pais continuem vivos?

— Você é maluco! Eu odeio você!

— Olha só, temos uma rebelde aqui... vou te ensinar a me respeitar!

Aproveitando que João não estava sóbrio, Naiana deu um chute nos genitais dele e saiu correndo, seguindo em direção ao manguezal. Assim que João se recuperou, tirou a arma da cintura e deu um tiro no escuro, na direção dela, e começou a gritar e a gargalhar de forma descontrolada:

— Eu achei que poderia me divertir mais um pouco torturando você, acabando contigo, mas eu vou dar esse gosto antecipado ao seu pai: enterrar a filhinha dele!

Naiana estava apavorada, ouvia as risadas descompensadas dele, os tiros, a voz carregada de ódio, e continuava correndo sem nem saber para onde, até que sentiu a lama encharcada do mangue engolir seus pés. Após mais um estampido, sentiu algo entrar queimando em seu ombro. Nesse momento, com a voz presa na garganta, só conseguiu pensar: "Minha Mãe Nanã, me valha!", e tombou ali mesmo.

Ao longe, ouvia o som dos passos dele se misturando ao som dos búzios tilintando. Naiana não conseguia abrir os olhos, não conseguia se mexer. Ele se aproximou, ligou a lanterna do celular, berrou vários impropérios, viu que ela não se mexia e que estava com o peito banhado de sangue. Deu dois chutes muito fortes na costela dela e constatou que não se mexia nem emitia qualquer som. Então, deu um grito vitorioso e berrou a plenos pulmões:

— A vingança começou, pai! Eu vou lavar sua honra com sangue! Aquele maldito vai sofrer o que eu sofri ao ver o senhor no caixão! — E numa catarse alucinada, entre risadas histéricas e choros compulsivos, João celebrava a morte de Naiana. Com isso, não se deu conta da aproximação de outras pessoas, só percebeu

Nanã de Ana Pedrosa — Salvador (BA), 2

quando o facho de luz de uma lanterna muito forte foi lançado em seus olhos e o cegou por um instante.

— Aqui é da polícia! Joga a arma no chão e põe as mãos na cabeça, João!

Ao contrário disso, João virou atirando. O delegado revidou e acertou um tiro no braço com que ele empunhava a arma. Ele ainda tentou correr, o delegado deu um novo tiro, agora na perna, e João caiu no mangue. Dois guardas correram até lá e o imobilizaram. Mesmo sangrando e sentindo dor, ele se descontrolou ao avistar Marcos:

— Maldito! Você matou meus pais! Agora estamos quites, eu matei sua filhinha! E é melhor me matarem, porque se me deixarem vivo, eu vou fazer o mesmo com você!

Marcos não deu atenção a ele, foi atrás do irmão que já tinha chegado aonde Naiana estava. Contudo, ao se aproximar, viu Alfredo se levantando e colocando as mãos para trás — não era mais ele, era Omolu! O Orixá pediu que ele se acalmasse, pois sua filha estava viva, mas estava em bolonã; na verdade, quem estava ali deitada era Nanã.

Já no hospital, depois da cirurgia para a remoção da bala e recuperada da anestesia, Naiana pôde ouvir de seus pais toda a parte da história que ela não sabia e contar os horrores vividos. Contou também que, enquanto estava na mesa de cirurgia, se levantou do corpo físico e ficou vendo tudo acontecer. Quando, de repente, ouviu os búzios tilintando novamente, olhou para o lado e viu Nanã se aproximando dela em meio a uma luz violeta. Sobre o rosto da Orixá, havia um filá, uma cortina de fios de búzios que batiam um no outro — o tempo todo era Ela, que se fazia presente por meio do seu tilintar. Pediu que quando tivesse alta, antes de ir para casa, passassem no terreiro, lugar que ela sempre resistiu em frequentar por se considerar ateia, pois ela queria agradecer Nanã e Mãe Berê.

João também precisou fazer cirurgia. O segundo tiro pegou no joelho, ele, provavelmente, ficaria manco para o resto da vida. A defesa de João alega insanidade e crime movido por forte emoção, mas o relato da Josilda prova que tudo foi premeditado. Certamente, ele pegará muitos anos atrás das grades.

Marcos teve dó do rapaz. De alguma forma, se sentia responsável por seu desequilíbrio, e por isso foi fazer terapia, assim como Júlia e a filha, a fim de ressignificarem essa parte tão trágica de suas histórias.

Naiana se recuperou muito rápido e retomou os planos de estudar na capital, mas preferiu deixar isso para o ano seguinte. Antes, queria ficar perto dos pais, frequentar o terreiro como abiã e fazer sua iniciação para Nanã, essa grande senhora a quem devia a vida. Ao bolar, Nanã manteve o corpo dela sob controle e foi isso o que deu a João a certeza de que ela estava morta; caso contrário, por certo ele teria dado mais tiros nela, comprometendo de forma mais severa sua saúde ou até mesmo tirando sua vida.

Naiana teve o primeiro renascimento no manguezal, o berço do mundo lhe escondeu da morte e lhe banhou de vida!

Saluba!

Nanã da Iyá Nádia de Omolu — Salvador (BA), 2023.

Quem é Nanã?

Orixá relacionada à gênese do Candomblé, Iabá que tem domínio sobre os manguezais, regiões pantanosas e terra úmida. Ela é quem emprestou seu barro profícuo de vida para que Oxalá moldasse nossos corpos, com a promessa de que esse barro seria devolvido a Ela quando Ikú, a morte, levasse o último suspiro de cada ser vivente no Aiyê.

No Brasil, existe a tradição de iniciar apenas mulheres para Nanã. Já em África, pessoas são iniciadas independentemente do gênero, mas homens têm certas restrições dentro do culto Dela. Aliás, homem não tem qualquer moral com Nanã.

Séria, severa e altiva, seu nome significa "raiz". Depois de uma grande discussão com Ogum, em que ele dizia que todos dependiam de seus metais, Nanã se rebelou e disse que ia provar que conseguiria viver sem usar nada de metal. Desde então, isso se tornou um interdito para Nanã, impactando todo o culto a Ela até os dias de hoje, fazendo com que alguns sacerdotes e sacerdotisas usassem obés com lâminas feitas de osso, de chifre, de madeira etc., em lugar da tradicional lâmina de metal, para sacralizar os animais ofertados a ela.

Nanã é senhora da vida e da morte, do vão entre as dimensões, e só Ela é capaz de deter Ikú. Pedimos para Omolu afastar as doenças, pedimos a Ossaim o remédio para a cura, mas é a Nanã que pedimos para acalmar Ikú! Que seu imenso poder seja reverenciado!

Cultuada no domingo, sua saudação é "Saluba Nanã" (Salve a mãe das águas pantaneiras!) e seu elemento é a água.

Oxaguiã do Babalorixá Marcos Tibyoxê — Catu (BA), 2024.

OXAGUIÃ É QUEM DIZ QUANDO UMA GUERRA ACABA, E ELA SÓ TERMINA QUANDO ELE GANHA.

Epejá do Babalorixá Josiel Oxaguian — Muritiba (BA).

Oxaguiã

Òṣàginyán

O filho do guerreiro

Os olhos grandes de Lúcio fitavam as goteiras que insistiam em encharcar a casinha simples de dois cômodos na encosta do Morro Grande. Olhos que mal conseguiam ficar abertos, mas não era de sono, e sim de fraqueza — fazia uma semana que ele não comia direito.

Chovia copiosamente desde o final da tarde. O barulho da chuva forte no telhado frágil às vezes o assustava, a vela já estava quase no fim, mas ele não conseguia dormir. Algo o inquietava.

Por um momento, seus pensamentos trouxeram a lembrança da avó, que até uma semana antes dividia com ele a casinha frágil no alto do morro. Sentadinha perto da janela, lia os salmos da bíblia até a luz do sol se despedir.

Uma lágrima fria rolou pela pele preta de Lúcio. Desde que a avó se fora, seus pensamentos estavam assim, embaralhados. De repente, sentiu o solo vibrar e um estrondo! A caixinha de relíquias que a avó guardava com cuidado e nunca abria na sua frente havia caído no chão. Ao pegar os objetos espalhados, viu um colar de bolinhas brancas e azuis. Lúcio ficou todo arrepiado! Sentiu vontade de colocá-lo no pescoço... nunca tinha visto a avó com ele.

Mais uma vez, sentiu o chão tremer sob seus pés. A vela tombou e se apagou. Lúcio estava tateando no escuro em direção à cama quando percebeu um clarão atrás de si e sentiu uma energia muito forte tomar conta de seu corpo. Não conseguiu conter o grito de susto ao ver diante de si um homem imenso e muito preto vestido de branco. Ele tinha os olhos fechados e, com a espada, apontava para a porta, mas Lúcio estava petrificado.

O homem cheio de luz levantou os braços e deu um grito ancestral, um som que ele nunca tinha ouvido, mas que parecia tão familiar que o emocionou. O homem continuava a emitir aquele som e a apontar para a porta. Lúcio, agarrado ao colar de bolinhas, correu para a porta e, assim que pisou na terra molhada do lado de fora, sua casa começou a desabar. A chuva forte fustigava seu corpo magro enquanto seus olhos pasmos viam a casa e o pouco que tinha deslizarem com a lama encosta abaixo. Um grito de terror se apossou de sua garganta. Lúcio chorou.

O homem alto e forte estava mais à frente chamando por ele. Lúcio hesitou por alguns instantes, mas resolveu segui-lo. Sem conseguir alcançá-lo, sentiu, de repente, tudo girar e viu que ia cair, mas antes que alcançasse o chão, o homem forte o amparou, pegou-o no colo e caminhou com ele por um tempo que não conseguia mensurar. Ao longe, Lúcio viu um lugar de muro alto, com um portão aberto e uma bandeira branca. Em frente ao portão estava uma mulher preta com as mãos na cintura, a voz dela parecia um raio: “Heyyy!”. Surgiu ao lado da moça uma senhora toda vestida de branco, então a sensação era a de que o homem forte havia, do alto, o soltado no chão, e Lúcio foi rolando até os pés da moça com voz de raio... tudo sumiu por um longo tempo.

Quando Lúcio acordou, estava deitado em uma esteira com roupas brancas e a chuva tinha passado. Não conseguia lembrar-se direito de tudo — na memória, apenas alguns fragmentos —, até que entrou uma senhora de branco com uma caneca esmaltada com chá quentinho e um prato cheio de cuscuz. Lúcio estava faminto e comeu vorazmente, enquanto a senhora contava a ele que aquela era uma casa de Candomblé, que ele havia chegado em transe e bolou nos pés da Iansã da ialorixá, que por algum motivo a tomou e foi para a porta do ilê no meio da chuva.

Lúcio estava confuso. Contou a ela que tinha ido nos braços do homem forte e muito alto que vestia branco e empunhava uma espada na mão direita. Ao avistar um desenho bem grande na parede, gritou assustado:

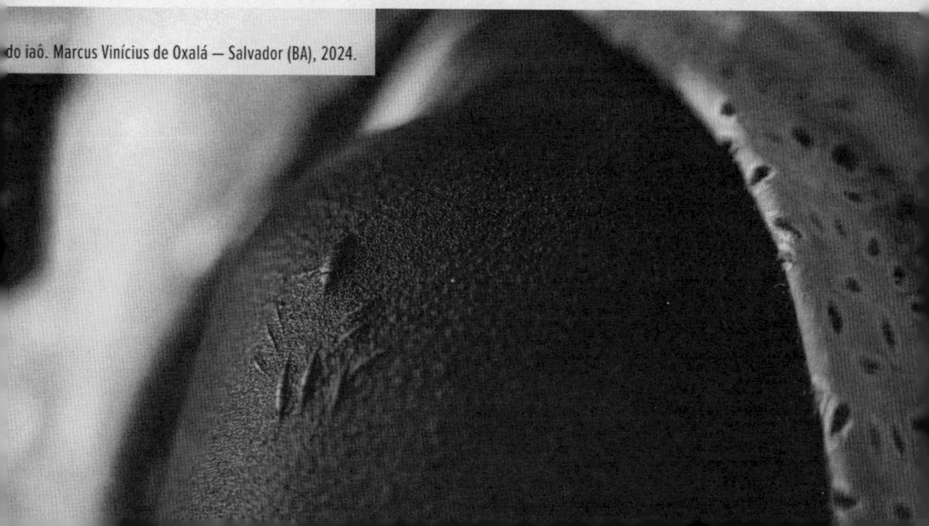

do iaô. Marcus Vinícius de Oxalá — Salvador (BA), 2024.

— É aquele homem!

E a equede falou:

— Esse é Oxaguiã! O Orixá guerreiro!

Ontem foi a saída de Lúcio na casa de Mãe Cida de Iansã. Foi dia do orukó de Oxaguiã, dia de renascer para a ancestralidade. Ontem foi dia do amor do Guerreiro mudar a história de Lúcio para sempre. Ele nunca mais estará sozinho, porque só Oxaguiã diz quando uma guerra acaba, e ela só acaba com a vitória de seu filho!

Eèpàà,[1] Guerreiro!

1 Interjeição usada em cerimônias em louvor a determinados Orixás. [NE]

Oxaguiã de Diogo Júnior — Salvador (BA), 2025.

Quem é Oxaguiã?

É o aspecto jovem e guerreiro de Oxalá, aquele que veste branco com um pouco de azul-claro. Orixá das batalhas vitoriosas, Ele é o senhor da guerra; é quem diz quando uma guerra acaba, e ela só acaba quando Ele ganha, tamanho é o seu poder!

A mão de pilão que Oxaguiã empunha com vigor representa o eterno movimento e equilíbrio entre o Orum e o Aiyê. Orixá da certeza e da afirmação, tudo o que é feito repetidamente, com a meta de chegar à excelência, é abençoado por Oxaguiã, que odeia a preguiça e o desleixo, tem fome do novo, tem cheiro de guerra, tem gosto de vida.

É belo, imenso, forte no corpo e na vontade inabalável. Oxaguiã guarda em si a grandeza de uma alma talhada para vencer a si mesmo, antes de a outrem.

Orixá do progresso e da cultura, Oxaguiã luta para que nada pare na monotonia, no incerto, no injusto, no comum, no quase... Oxaguiã quer sempre mais, o máximo e o melhor, a perfeição! Porque Ele é a própria efervescência da vida!

Parceiro inseparável de Ogum. Sempre que o ferreiro inventa uma nova arma ou ferramenta, é Oxaguiã que desenvolve uma forma de usá-la com maestria — não é à toa que Ele carrega consigo todas as armas e ferramentas dos outros Orixás, simbolizando que Ele sempre tem uma resposta para cada tipo de problema. Você pode até não saber qual é a pergunta, mas Oxaguiã sempre sabe a resposta!

Cultuado na sexta-feira, sua saudação é "*Eèpàà*, Guerreiro!" (Salve o Guerreiro!) e seu elemento é a água.

Oxalá em um terreiro de Salvador (BA), 2021.

Águas de Oxalá no Ilê Axé Ibá Ajunkesy — Vera Cruz (BA), 2019.

Oxalá

Òṣàlá

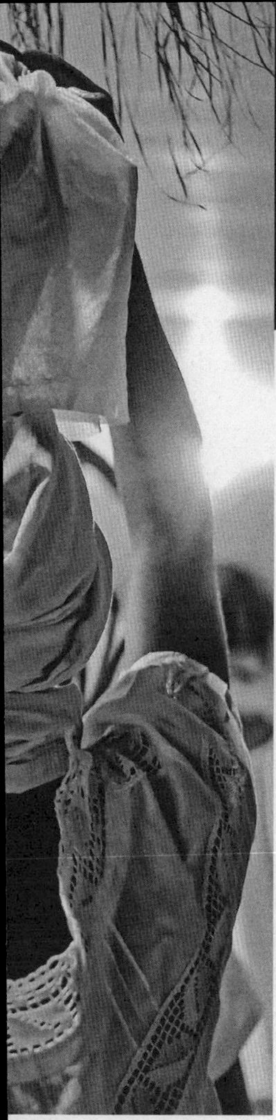

Águas de Oxalá

Já fazia um tempo que Antônio não conseguia ver sentido nas coisas, mas naquele dia estava especialmente triste. Havia uma angústia e um vazio dentro do peito que ele já tinha tentado preencher com farras, trabalho, paixões, mas nada era o suficiente para tirá-lo daquele flerte constante com a ansiedade. Sentia-se privilegiado socialmente e se achava no dever de não decepcionar os pais, o que o levava sempre a uma autocobrança desmedida, inclusive de estar sempre bem e de não reclamar.

Rapaz alto, forte, bonito, Antônio sempre estudou nas melhores instituições de ensino. Poliglota, funcionário de uma multinacional, já viajou para várias partes do mundo, se sentia realizado, com pais incríveis, mas tinha bastante dificuldade de ingressar em uma incursão íntima e pessoal para dentro de si. Ele fazia perguntas, mas tinha medo das respostas...

Sempre que podia, ajudava o pai nas unidades da rede de mercados da família. Estava de pé, parado diante da janela na sala da gerência, vendo as cores do pôr do sol tingirem o céu enquanto a xícara de café esfriava nas mãos, quando o pensamento distante foi interrompido por um dos funcionários que falou:

— Você tá bem, chefe?

— Tô, sim, Marcos, obrigado! — disse ele, ao tentar fingir normalidade. — Tava aqui viajando nos pensamentos... mas diga lá.

— Uma cliente antiga ligou perguntando se teria como entregar dois botijões de gás com urgência, e não tem mais ninguém para fazer isso, será que você poderia levar para a Mãe Joana?

— Posso, sim, sem problemas, mas por que a chama de mãe?

— Ela é uma ialorixá.

Ele dirigiu até o endereço indicado e, ao chegar, buzinou. Quem abriu o portão foi um rapaz sorridente, e a sensação era a de que tinha atravessado um portal que o havia transportado para um pequeno vilarejo na Nigéria... várias pessoas pretas como ele, com roupas brancas rituais. A propriedade era composta de várias pequenas casinhas acomodadas de maneira circular no entorno do barracão central. Na parede de cada uma das casinhas havia um desenho que aparentemente indicava a divindade que era cultuada ali... amante das artes, Antônio se encantou pelos traços que eram de uma estética refinada e, ao mesmo tempo, tribal.

Após descarregar os botijões e colocar no lugar os vasilhames, o rapaz sorridente se aproximou de Antônio, que estava encantado em frente à casa de Iemanjá, e sorriu ao ouvi-lo dizer:

— O desenho é lindo, mas é estranho ver uma Iemanjá de pele preta.

Ao que o rapaz respondeu:

— O que deveria ser estranho é naturalizar uma divindade africana de pele clara e cabelo liso, não acha?

Aquilo foi um choque de realidade para Antônio! Como nunca havia pensado naquilo? Antônio era filho de pai não negro de família abastada e mãe preta que lutou muito para realizar o sonho de ser médica, e mesmo com o privilégio de circular nos melhores lugares, devido à boa condição financeira, o racismo nunca permitiu que ele esquecesse de sua pele retinta, porque, como diz o filósofo Fanon: "Alguém sempre vai te lembrar que você é negro!". Antônio, contudo, percebia que muitas vezes não notava o racismo estrutural mais sutil, como esse de tornar branca uma divindade africana para deixá-la mais palatável diante dos racistas.

De repente, eles começaram a ouvir uma sinfonia que, aos ouvidos de Antônio, pareciam gritos, mas havia algo de arrepiante naquilo. Até que uma chuva de milho branco foi lançada sobre a casa de Iemanjá e rolou para baixo, caindo sobre o rapaz sorridente, que diante de seus olhos foi se transformando em um velhinho encurvado.

Num impulso, Antônio se moveu para ampará-lo, e Oxalá então estendeu os braços para abraçá-lo. Mãe Joana se aproximou e lhe sorriu, cobrindo sua camisa escura com seu pano da costa branco. Depois, instruiu que ele se ajoelhasse diante de Oxalá. Antônio assim o fez para caber no abraço do velho Pai, e foi ali que o mundo se silenciou por um instante — é como se toda a ansiedade e a angústia estivessem deixando seu peito junto às lágrimas que não conseguia conter. O corpo trêmulo era amparado por Oxalá, que acolhia o rapaz e, naquele momento, o teletransportava para o coração de sua ancestralidade.

Os dias que se seguiram foram atordoantes para Antônio. Ele pensava insistentemente na paz que sentira nos braços de Oxalá. Algo havia acontecido e ele não conseguia entender o que era... dona Inaê, mãe de Antônio, cirurgiã plástica das mais renomadas, apesar de muito ocupada, sempre tinha um olhar atento ao filho. Ela percebia que ele estava vivendo mais uma crise existencial... parecia que faltava algo a Antônio, e não era nada que o dinheiro pudesse comprar.

Inaê se aproximou da piscina no quintal de casa, onde ele estava nadando havia meia hora, estendeu um drinque e se sentou em uma espreguiçadeira de frente para o filho. Ele sorriu e, num impulso, saiu da piscina, pegou o drinque, sentou--se na espreguiçadeira ao lado da mãe, bebericou e perguntou:

— Mãe, o que a senhora conhece do Candomblé?

— Filho, a minha família sempre foi de Candomblé, algumas das minhas tias são iniciadas. Eu, que sempre tive medo, fugi o quanto pude — confessou, soltando uma gargalhada gostosa. — Por que essa pergunta, filho?

— Eu fui levar gás lá no terreiro de Mãe Joana, que fica ali perto do mercado. Resumindo: ganhei um abraço de Oxalá, isso tem três dias, e ainda não saí daquele abraço...

— Filho, você não se lembra, mas sua bisa, dona Meninazinha, era de Oxalá e várias vezes Ele a tomou, te colocou no colo e cantou para você dormir. Você devia ter uns três para quatro anos. Ele não fazia isso com mais nenhum neto ou bisneto de voinha, só contigo. Rolavam até uns episódios de ciúme por causa disso…

— Eu lembro, mainha! Isso havia sumido da minha mente… — E seguiram conversando um tempo sobre a presença natural dos Orixás durante a infância do rapaz.

Na manhã seguinte, acordou com essa informação na cabeça. Vestiu-se correndo — desde adolescente, Antônio tinha o hábito de vestir branco às sextas. Logo que chegou ao mercado, Marcos solicitou que Antônio levasse dois garrafões de água para Mãe Joana. Com um misto de fascínio e medo, ele atendeu prontamente.

Ao chegar em frente ao ilê, viu um senhor sobre uma escada, bem no meio do portão, ajustando um tecido branco que começava ali e ia suspenso até a porta do barracão. Como não queria atrapalhar, pegou o garrafão, colocou-o no ombro, passou pela lateral da escada e seguiu sob o alá estendido.

De repente, começou a sentir algo estranho, a vista embaçada, uma tontura esquisita, parecia que tudo estava em câmera lenta… o coração batia na garganta, o estômago estava apertado, a cabeça pesada começou a pender para a frente, como se fosse muito mais pesada que o corpo, e a última coisa que viu foi o sorriso de Mãe Joana… Antônio bolou para um lado, o garrafão rolou para o outro e a única pessoa que ficou acordada naquele solo sagrado foi a ialorixá!

Após 21 dias recolhido, chegou o dia do orukó do Oxalá! Mãe Joana adiou as Águas de Oxalá para que tudo acontecesse junto aos fundamentos de Antônio, aquele que trouxe água

Oxalá do Babalorixá Anderson Argolo — Lauro de Freitas (BA), 2

para o próprio Orixá matar sua sede de paz. Bendito seja o *funfun* de suas vestes, que salva e dá sentido à vida, lava e alimenta o Orí e restaura a fé já esquecida!

Tem vazio que só a vida espiritual dá conta de preencher. Se você já tem tudo e não preenche esse vazio, talvez seja falta de espiritualidade ativa, talvez seja falta de Deus, independentemente do nome que você dê a Ele ou Ela...

Oxalá do Babalaxé Dan Nery — Salvador (BA), 2024.

Quem é Oxalá?

Oxalá, Osolufon, Oxalufã, Lufon, são vários epítetos do Grande Pai, aquele que recebeu a incumbência de dar forma à nossa matéria. Através do barro cedido por Nanã, Oxalá nos moldou, para que depois Olodumarê (Deus) nos presenteasse com o sopro da vida.

Alguns itãs dizem que Oxalá é albino. É Ele que fundamenta a integridade moral e é representado na personificação de um ancião que anda a passos lentos, apoiado em um cajado chamado opaxorô,[1] que simboliza o equilíbrio entre o Orum e o Aiyê, o plano espiritual e o terreno. Veste sempre branco e tem como interdito (ele não consome) o dendê, a pimenta e bebidas alcoólicas.

Seu poder não se impõe pelo domínio, e sim por sua sabedoria e razão. É ao seu Axé que devemos recorrer quando precisamos de equilíbrio na hora de resolver algo muito importante, solicitando entendimento e sabedoria.

Oxalá é água seminal da vida, fluido divino repleto de significados e transbordante de um amor que não cabe no Aiyê.

Cultuado na sexta-feira, sua saudação é "*Eèpàà, Bàbá*!" (Salve o Grande Pai!) e seu elemento é a água.

Eèpàà, Bàbá!

1 Do iorubá "ọ̀pá ṣóró", nomeia o cajado da criação utilizado por Oxalá. [NE]

Iaô na esteira do Ile Asé Omin Wurá em Barretos (SP), 2025.

Epílogo

Não há nada vazio de significado nos terreiros. É uma riqueza teológica, cultural e histórica com mais de dez milênios em África, que chega para nós da diáspora, envolta em mistérios, medos e belezas. Aqui, ainda se misturam com as sabedorias e culturas religiosas dos povos indígenas, proporcionando experiências espirituais diversas, intensas e transformadoras.

O racismo trata de manter o povo distante de sua história real, mas as matrizes africanas e ameríndias têm raízes fortes e profundas cravadas no DNA. Orixás, Inquices, Voduns, para além de divindades, são ancestrais, e cada poro do seu corpo conta essa história.

É com a beleza dos nossos signos que convido os intolerantes a conhecerem a cultura religiosa dos Orixás e a ressignificarem seus medos para, quem sabe, viverem bem com seus deuses e nos deixarem em paz com os nossos.

Adeloyá OjúBará

Agradecimentos

Agradeço a Exu, a Oyá e a cada Orixá que se permitiu retratar, essa permissão deu propósito à minha vida e me salvou de mim.

Agradeço também à minha rede de afetos: Akin de Exu, Altamiro de Oxaguian, Alexandre Careca de Xangô, Aline de Oyá da Aruanda, Bob Nunes, Chicco Assis de Xangô, Dan Nery de Oxalá, Diana Souza, Évora de Oxum, Marcelo de Xangô, mulheres da MRC, Ney Wendell, Rino Carvalho, Rychelmy de Exu, Sandra Carvalho, Sônia Moura e Ted Ferreira de Logun Edé: vocês fizeram a diferença! Foram mãos estendidas, colo, incentivo, aprendizado e oportunidade, fizeram com que o caminho fosse mais leve e não me deixaram desistir. Esse livro também é fruto da generosidade de vocês. Adupé!

Posfácio

Está na cultura o fundamento de qualquer humanidade. Se ela não for transmitida por meio do ebó de conduta e de compromissos firmados no Orum, sistematicamente seremos imaginados como um povo sem prata, riscado pelas narrativas cristãs, em atenção à desorientação existencial sugerida.

Adeloyá OjúBará traz um pouco de si revelado no outro. Quanto a mim, filha de Ọ̀ṣùn, cujo enredo é Ọya, cabe apenas reconhecer o *abẹ̀bẹ̀* da sua câmera, que generosamente reflete os ilás africanos na diáspora — temporiza as marés daquelas e daqueles presentes nos primeiros barcos da casa, bem como a cerimônia dos seus verdadeiros nomes.

De olhos fechados, os registros de Adeloyá nos mostram como as realezas de Oyó enxergam, e se as Iabás choram, as crianças lhes sorriem. Neste livro, a autoridade, a sabedoria e o prestígio repuseram antes o lugar da *Ìyá* como a iorubá que nunca se submeterá aos patriarcas.

Oferenda de livro, seguramente, é a primeira de muitas a serem arriadas por Èṣù e Ọya nas linguagens de vento, falo, encruzilhadas afora, pois, sem vestígio de cosmovisão europeia, o povo iorubá fala do cosmo-sentido. E, com cinco búzios abertos, sempre garante brilho, honra e dignidade.

Àṣẹ! Àṣẹ! Àṣẹ!

Carla Akotirene

ARUANDA
· livros ·

Este livro foi composto com a
tipografia Athelas 10,5/15 pt e impresso
sobre papel pólen natural 80 g/m²